VALTER BAL

CW00455098

PERSONE IN QUARANTENA

STORIE DI TORTE E LIEVITO

maggio 2020

INDICE

INTRODUZIONE

Quando a marzo 2020 siamo entrati tutti in quarantena, Facebook si è riempito, come spesso fa, di notizie di tutti i tipi, perlopiù farlocche. Le persone ripubblicano articoli che trovano giro, spesso senza averli letti fino in fondo, ma per far vedere che ne sanno più degli altri.

Io non sono un grande frequentatore del social network. Ci sono rientrato, dopo anni, forse quattro o cinque, di assenza, perché quest'anno avevo un progetto. Il mio progetto è di andare a correre la maratona di New York nella sua cinquantesima edizione. Per farlo sono riuscito a procurarmi un pettorale grazie ad una charity, una associazione di beneficenza, che si chiama Shoe4Africa, che sta costruendo un grande ospedale pediatrico in Kenia, la patria dei più forti maratoneti al mondo. Come centinaia di altre charity americane, Shoe4Africa ha un accordo con gli organizzatori della maratona e compra da loro i pettorali (una sorta di biglietti per poter partecipare alla gara) che poi ridà ai podisti, a condizione che i podisti raccolgano una certa quantità di soldi da donare alla loro causa. Questo è il modo in cui tradizionalmente sia negli States che in Gran Britannia le associazioni di volontariato si finanziano. Non ci sono come da noi in Italia gli SMS solidali, quelli per cui mandi un SMS sd un numero che comincia con il 4 e dai 1 o due euro alla causa che ti interessa.

Dal momento che questo modo di raccogliere fondi non è molto usuale da noi, ho pensato di metter su un sito internet, https://ny2020.valterballantini.it, nel quale è possibile contribuire alla raccolta fondi. Ogni i giorno, dal 3 gennaio, ho scritto un articolo relativo alla corsa, o con la recensione di un libro che ho appena letto, ed in fondo a ciascun articolo c'è la pubblicità di qualche prodotto acquistabile su Amazon con il quale ho un accordo: per ogni prodotto venduto grazie alla mia pubblicità, io ne ricavo un piccolo contributo. Il modo più immediato di attirare persone sul mio blog per raccogliere quindi fondi è quello di pubblicizzare tutto ciò che scrivo sui social network, da qui la decisione di riaprire un account su Facebook. Durante il primo mese e mezzo in questo modo ho raccolto 1130 €, ancora lontano dai 3000 € che sono l'obiettivo che mi è stato chiesto, ma c'erano comunque ancora tanti mesi a disposizione.

Poi è arrivato il SARS-CoV-2, il coronavirus che tanto ha stravolto le nostre vite. Certamente la raccolta fondi si è fermata e da metà febbraio ad oggi, che siamo al 20 di maggio, ho raccolto solo 10 €. Anche le pubblicità su Amazon non hanno avuto un risultato tanto migliore, ed ho oggi ho raggiunto la cifra di 70.

Nel frattempo, dai primissimi giorni di aprile, ho cominciato a pubblicare sulla mia pagina dei racconti brevi, giusto per dare un contributo originale. Al momento in cui scrivo questa introduzione ho pubblicato 52 racconto brevi. Se li avessi pubblicati uno al giorno avrei tenuto la mia rubrica per un anno. Visto che a molte delle persone che li hanno letti, questi piccoli racconti sono piaciuti, ho deciso di raccoglierli tutti insieme e di farne un libercolo che è quello che avete tra le mani. A quei cinquantadue ne ho aggiunti un'altra ventina, per fare un libretto da cento pagine o poco più. Non è un'opera letteraria, sia chiaro, sono solo spunti, riflessioni, racconti di vita vissuti nella realtà mischiati con cose inventate di sana pianta, un po' come immagino facciano molti scrittori veri.

Ho pensato di pubblicarlo sul kindle store e di metterlo in vendita al prezzo di 5 €, in modo da vedere se anche con questo piccolo stratagemma riuscirò a rivitalizzare la mia raccolta fondi. Di questi 5 € a me ne arriveranno poco più di 2 euro e settanta, il resto lo tiene Amazon per le sue spese (e quelle di Jeff Bezos :-)).

Grazie quindi a te che lo hai acquistato, spero che queste storie ti facciano passare un paio d'ore o tre con qualche riflessione.

FRANCA

Conosco la mia vicina, la sig.ra Franca, da ventuno anni, da quando abito qui. Stamani la sig.ra Franca è uscita di casa e tossisce. La sento tossire tutte le mattine da ventuno anni. Ha quelle tossi catramose dei fumatori incalliti.

Stamani, la sig.ra Franca, tossisce ma lo fa indossando una mascherina. Ha messo la mascherina sulla bocca. Il naso, un bel naso, sta fuori. Certo, se stesse dentro, il naso, il bel naso, solleverebbe troppo la mascherina e questa non potrebbe star aderente alla bocca.

Ha però in mano una molletta, di quelle per stendere i panni. Ma non ha panni in mano, solo la molletta. Potrebbe, forse, metterla al naso, compensando così il fatto di tenerlo fuori dalla mascherina. Ma non lo farà mai. Non si può fare diventare brutto un bel naso con una molletta. No, non si può proprio.

ORLANDO

Il mio cane sta male e io, per la dodicesima notte dormo insieme a lui sul divano che ho messo in studio. Che poi dormire è relativo. Tutte le notti tra le due e le tre la sua sveglia si desta e comincia a mugolare, comincia il suo abbaiare fioco, quasi sottovoce, lui che quando sta bene ha una voce stentorea che sento a cento metri di distanza.

Ha una malattia così, che nessuno sa davvero cosa abbia. In pochi giorni, dal correre nei campi e saltare i fossi, si è ridotto quasi ad un vegetale, nessun segnale sembra arrivare alle sue zampe e la scossa che gli fa tremare l'ugola si sente appena.

La chiamano malattia del morso del procione, ma a San Martino Ulimiano, dove abitiamo e lui con noi da undici anni, i procioni non si sono mai visti, forse nemmeno per televisione. La malattia davvero si chiama Poliradicoloneurite Acuta Idiopatica, e non si sa davvero cosa la causi. Questa è la seconda volta che la prende, nello stesso periodo dell'anno, a fine aprile ed inizio maggio, oggi come tre anni fa.

Quando è arrivato era proprio piccolo, poco più di un mese, ancora non aveva finito lo svezzamento. Lo aveva preso l'accalappiacani in una battuta sull'Etna, e un po' ha l'aria del Cirneco. Aveva fatto un giorno intero all'interno di un furgone buio, rotolando a destra e a manca sbattendo contro le pareti di metallo, lui ed un altra decina di suoi pari. Era arrivato qui impaurito come pochi, e i primi giorni c'è n'è voluto per convincerlo che eravamo buoni e volevamo il suo bene. Ogni suono sgradito, tosaerba in azione, campanello inaspettato, tuono in lontananza, lui scappa non si sa dove, viene ai piedi del primo della famiglia che gli va a tiro, e chiede di esser rincuorato. Non vi dico cosa succede l'ultimo dell'anno. Passo la serata ad accarezzarlo, a balirlo, a dargli baci sopra il cranio ed a dirgli non è niente, ci siamo noi a proteggerlo, ma a lui non basta mentre i fuochi di artificio impazzano per un tempo che a lui sembra infinito. Oggi dal cielo è arrivato un rimbombo e poi la pioggia. Lui ci guardava come dire vorrei scappare ma non posso, scappate voi al posto mio, mettevi in salvo.

Tante volte l'ho portato con me a correre nel bosco, e lui sembra pazzo di felicità. Corre, salta, si ferma ad annusare. Una volta ha trovato un coniglietto con cui per un po' ha giocato, poi una zampata un po' più forte è quello non c'è l'ha fatta. Per ricompensa se l'è mangiato, pelliccia e tutto. Mi ha impressionato sentirgli sgranocchiare le ossa della testa.

Adesso è steso su un cuscino grande, su un fianco, tra un po' lo girerò sull'altro per risparmiarli le piaghe da decubito. Poi tra le due e le tre comincerà a uggiolare, allora lo porterò fuori. Forse farà pipì, andrà asciugato. Poi farà cacca, di solito una montagna, andrà pulito e rimesso a letto, ai piedi del mio divano in studio. Comincio ad essere stanco. Ma lui è il mio cane, gli voglio bene quanto ne voglio a mio figlio anche se è arrivato dopo. Spero si riprenda, come è successo l'altra volta. Con gli altri della famiglia un po' lo prendiamo in giro, per sdrammatizzare. Lui ci guarda con le sue orecchie grandi che tiene dritte come antenne paraboliche anche oggi, il muso a terra come un sioux ma non credo che capisca, nonostante l'intelligenza non gli manchi.

Stanotte mi ha guardato con i suoi occhioni languidi che mi sembra non chiuda mai, so che avrebbe voluto dirmi qualcosa. Io l'ho ascoltato e gli ho detto Andrà tutto bene.

GIULIA

Giulia è una ragazza assennata, di quelle, si potrebbe dire, che ha il sale nella zucca. Quando ieri ci siamo incontrati, da lei, forse sapendo del mestiere che faccio, mi ha detto "se eri un fico, ti avrei avuto in bocca". Ecco tutto sarei potuto essere tranne che un fico, forse la buccia.

Giulia è una bella ragazza. Pelle di pesca, gote rosse come peperoni quando la mattina presto è freddo, naso a patata. Un bel personale, avrebbe detto la mia nonna, tette a pera, e non a cipolla come qualcuna che conosco, sedere a pomodoro, non ho elementi per dire della sua albicocca.

La rivedrò tra una settimana, quando andrò a fare la spesa. Giulia è la mia verduraia, per questo mi ha ispirato.

CARLO

Carlo è un giocatore di biliardo. Ha la sua stecca, di cui avvita i tre pezzi con pazienza quando si avvicina al tavolo liscio come seta.

Carlo guarda la sua stecca, leggera, in fibra di carbonio, che tiene nella custodia di pelle, che gli saranno costati un occhio della testa, pelata e lucida, quindi ancora più preziosa, come tutto ciò che luccica. Incacia la punta, scruta i bordi e segue la sua palla immaginaria, prima di colpirla. Tic, toc, toc, frrrr dei birilli abbattuti del castello.

Carlo comincia ad avere la sua età. L'altro giorno l'ho incrociato, lui era in giardino e parlava al telefono con qualcuno. "Ma che vuoi che sia. Alla mia età fare sesso è come giocare a biliardo con una corda. Allora io gioco a biliardo. Che soddisfazione poter dire che lo faccio con la mia stecca."

CLAUDIO

Da quanto ci conosciamo con Claudio? Quando eravamo piccoli abitavamo nello stesso condominio, abbiamo fatto le prime tre classi delle elementari insieme. Poi lui, alla fine della terza, fu bocciato. Era mancino, la maestra la costringeva a scrivere con la destra ma lui non imparava e lei, per fargliela pagare, lo bocciò.

In un periodo, da più grandi, si organizzò per fare il gioco del bicchiere, che chiamavamo sedute spiritiche. Un pomeriggio, la sera non potevamo ancora uscire vista l'età, qualcuno guidò il bicchiere che scrisse C ↝ O ↪ C → C ↩ O ↑ Subito ci interrogammo su chi potesse essere questo Cocco. "È un cocco di mamma" "Una noce di cocco". Claudio colse la palla al balzo, ci chiese di rimanere concentrati, che magari il nome non era ancora finito, e guidò il bicchiere, senza che nessuno se ne accorgesse, fino a che non si fermò dopo aver tracciato le lettere che dicevano C ↝ O ↪ C → C ↩ O ↑ D ↺ R ↻ I ↘ L ↗ L ↝ O. Coccodrillo?

ci chiedemmo tutti. Lui guardò le scarpe di Monica, fatte di quella che sembrava pelle squamata. "Magari è quello da cui sono state fatte quelle scarpe ed è venuto a reclamarla". Lei cacciò un urlo, si tolse le scarpe gettandole in aria e chiamando "mammaaaaa, mammaaaaaaaa!" Il coccodrillo ebba paura e non rispose più a nessuna nostra domanda.

LAURA

Laura è una ragazza bellissima. Fa la panettiera. Quando entri nel suo negozio lei ti accoglie con il suo sorriso largo, gli occhi le scintillano, perché è fatta così, solare direbbe uno con poche parole nel suo vocabolario. Non vi dico la corte che le fanno i ragazzi del paese, e gli uomini pure. Qualcuno arriva anche dai paesi vicini, anche dalla città, tanto è bella. Mette delle sue foto sui social dove è iscritta ed ogni volta sono decine di commenti, quasi tutti di maschi con gli ormoni che zampillano tanta è la pressione dentro. Pochi quelli delle ragazze, ma uno in particolare l'ho riconosciuto.

Io conosco un segreto di Lucia e so che lei sa che io conosco il suo segreto. Non che lei me l'abbia mai detto, ma ci sono cose che capisci se fai attenzione, se cerchi un po' sotto le apparenze, se non sei superficiale e non ti fai comandare anche tu dagli ormoni. E vuoi sapere cosa? È un segreto che deve tenere stretto, celato sotto il suo trucco perfetto, gli abiti da mannequin. Perché quando stai in un paese come il nostro, dove tutti sanno tutto, dove essere additati e derisi in strada è un attimo, i segreti sono importanti da mantenere. Anche se siamo nel 2022, quasi millequattro, la mentalità della gente nei paesi rimane quella, non accetta che tu abbia una cosa per la quale invece nascondersi è un abominio ed odioso è chi ti obbliga a celarti. Ma io lo so, e le voglio bene.

ALBERTO

Alberto ripara i motorini. Lo faceva il babbo prima di lui. Quando c'era il nonno non c'erano i motorini, così lui non ha potuto iniziare la tradizione di famiglia.

Se vai fuori della sua officina, all'inizio della strada, dove finisce il vecchio paese ed inizia quello nuovo, fuori ce ne saranno trenta, ma secondo me sono anche di più. Non so dove li infili quando è chiuso, non c'è tutto quello spazio nella corte che ha davanti davanti, tra la porta d'ingresso ed il cancello scorrevole di metallo che oggi è chiuso. Nessuno ha bisogno delle sue mani esperte in questo periodo di quarantena. Nessuno ha bisogno in questi giorni che lui pulisca forse il filtro, soffiandoci un po'.

Alberto ha quanto me, forse qualcosa in più. Ha iniziato a lavorare con il babbo che aveva 16 anni, quindi è arrivato a quota 100. Anche se non avrebbe voluto, me l'ha detto giusto due mesi fa che senza mettere la mani nell'olio e nella morca, tra le bielle ed i carburatori, lui non sapeva stare, oggi diventerà per sempre. Suo figlio, che fa il chirurgo, continuerà la tradizione, anche se avrà a che fare con altri tipi di motore.

MAURIZIO

"Scusa, sai mi'a dove sta Maurizio, quello che chiamano il sommelier?" "Il sommelier? E Perché?" "Dice ni garbi be" (si dice che gli piaccia bere, sarebbe in italiano).

Io lo conosco Maurizio, anche lui da tempi immemori, quasi. Mi ricordo di una volta, una notte, stavo tornando dal lavoro quando per studiare facevo il cameriere, lo trovai su una spalletta alla Cittadella (la spalletta è il muro che si trova sull'argine del fiume Arno in centro città a Pisa), riverso con le gambe ciondoloni di qua e la testa di là. "Maurizio, tutto bene?" "Ho appena vomitato. Se arrivo bria'o (ubriaco) a casa, mi pa' (mio padre) mi tonfa (mi percuote con tutta la forza che ha)". Quindi sentire che a distanza di quarant'anni non ha perso l'abitudine non mi trova impreparato.

"Si guarda, sta a quella porta lì, con ancora le palline di Natale incollate al vetro" "Grazie" mi fa lui. Chissà per cosa lo cerca. So che Maurizio è un bravissimo artigiano. È venuto a fare anche dei lavori a casa mia. Ed è molto preciso in quello che fa. Pensa, abitavamo proprio nello stesso quartiere tanti anni fa, ed abitiamo oggi nello stesso paese, ma a trenta chilometri di distanza da dove abitavamo allora.

Li ho rivisti, poco dopo. Erano al bar (di enoteche da noi non ce ne sono). Probabilmente parlavano di come montare quella mensola che gli ha chiesto la moglie di mettere in cucina.

GLORIA

Gloria aveva le ciglia lunghe lunghe e gli occhi grigi. L'avevo vista da vicino, come si può stare vicino a qualcuno quando le stai dando un bacio. Aveva le labbra morbide che sapevano di ciliegia. È buffo come sono venuto a saperlo, perché non avrei dovuto essere lì, quando a lei era stata inflitta quella penitenza. Ero rimasto sorpreso, sul momento, ma mi era piaciuto tanto era inaspettato. Dopo ci ero rimasto un po' male, perché non mi avrebbe mai baciato se non fosse stato per la penitenza. Da qual giorno sono tornato a passare da lì, a quell'ora precisa, per dieci giorni, forse più. Sognavo la scena ad occhi aperti, attento a dove mettevo i piedi, intanto che sognavo. Che si chiamava Gloria l'ho saputo molto tempo dopo, anche se non l'ho più rivista.

Perché me la ricordo ora, a lustri di distanza? Perché adesso, che ho tempo per pensare, ho il tempo di guardarmi indietro, e tutto mi ripassa davanti. La suora dell'asilo, la maestra delle elementari, il professor Paradiso delle medie e il Baldo ed il Loi del liceo. Però il bacio, il primo bacio. E sapeva di ciliegia. Sarà stato amore o scarsa igiene orale?

CATERINA

Me lo ricordo come se fosse ieri. Eravamo sul treno, io e Caterina, tra Livorno e Pisa, in un vagone affollato come sanno esserlo i treni pendolari in un pomeriggio di agosto. Io ero innamorato perso e si sa, quando si è innamorati persi, si usano le parole in un modo che, se si è sensibili, le parole rimangono appiccicate addosso ed è difficile mandarle via.

Ricordo la mia compagna di viaggio, capelli sottilissimi, rossi, lunghi sulle spalle e scompigliati dal finestrino aperto. Non era di lei che ero innamorato perso, ma era lei ad ascoltarmi.

Le raccontavo di una cosa che facevo da piccino, con la fantasia che hanno i bambi che hanno fantasia. Prendevo il mappamondo, con cui facevo viaggi transoceanici anche se ancora non sapevo si chiamassero così, e guardavo il cielo. Poi avvicinavo l'indice della mano destra sopra l'Italia, la Toscana, individuavo il posto dove mi trovavo ed andavo alla finestra. Scrutavo in alto e cercavo di vedere se arrivava il mio dito.

Questa cosa, e chissà quale altra ancora, la colpirono, me l'ha detto una sua amica. Ma il giorno dopo ricevetti una telefonata inferocita del marito. Lei l'aveva lasciato perché si era innamorata di me, gli disse. Ma io non ho fatto niente, mi difendevo, le ho parlato solamente. Noi invece non ci parliamo più, è per questo che mi ha lasciato, per uno con cui ha parlato. Poi si dicono anche cose senza senso pensando, in quel momento, che abbiano davvero il significato di quelle lettere messe insieme.

La morale di questa storia, immagino, la conosciate senza che ve la racconti. Perché l'amore non dura per sempre se non si fanno degli sforzi e può sempre arrivare uno uomo qualunque, senza qualità, e può svelare la consistenza del vostro impegno.

FRANCESCA

Francesca era pelosa. La guardavo, quattordicenne, in controluce la sera quando ascoltavamo la musica del juke-box che suonava All by myself di Eric Carmen. Sulla guance, sulle braccia, sulle spalle c'era una selva di peli leggeri, morbidi, sottili e poco sviluppati su parti che avevo sempre ritenuto glabre. Sembrava la lanugine che ricopre i petali dei fiori e Francesca profumava come un fiore. Non ricordo come sia successo, ma una sera li ho accarezzati, tanto mi attirava. La pelle era liscia come il velluto, non come il corduroy più come velour. Ogni piega dei miei polpastrelli ne veniva riempita e si muovevano senza peso come un cardo sul tessuto prima di filarlo. Cosa stai facendo? mi chiese, senza alterazioni nella voce. Io non volevo dire una bugia, al massimo una versione fittizia di una qualche verità, ma rimasi muto, con la bocca praticamente allappata quasi avessi addentato un kiwi acerbo con la buccia e tutto. Lei sorrise, allontanò la mano e mi guardò con i suoi occhi verdi di clorofilla.

Se la incontrassi oggi, a quarant'anni di distanza e anche più, chissà se la riconoscerei, chissà se il mio inconscio ha conservato gli anticorpi di quella prima conoscenza o se, come capita qualche volta, ne ha perso la percezione e si stupirebbe ancora.

PETRA

Petra era nella mia classe il primo anno del mio incarico all'università. Sembrava timida ma con gli occhi vispi, in mezzo a una serie di ragazzi e di ragazze che il tempo stava trasformando in uomini e donne. Diversa dalle altre giovani donne truccate con rossetti vistosi e gli eye-liner a ridisegnare gli occhi, aveva quel certo non so che. Non so perché, ma quando aprì la bocca per chiedermi qualcosa della mia non chiara spiegazione, pensai che avrei voluto che mia figlia diventasse così ed avrei voluto essere suo padre, anche se lei aveva già il miglior padre che si potesse desiderare, un pescatore con una barca tutta sua.

Quando un giorno, ad esame ormai finito, venne a chiedermi com'era stare laggiù, in quel paese down-under, che io a lezione avevo raccontato, mi sembrò di aver raggiunto il mio scopo di insegnante, aver trasmesso la passione per quello che dicevo. Lei ci vive laggiù, adesso, e quando vedo le sue foto e della sua ragazza sento la brezza del mare, il rumore delle onde che si fermano sulla sabbia a pochi centimetri dai piedi, il grido di quelli uccelli che sembra quello di una scimmia. Un paese come quello, dove l'animale più comune porta letteralmente i suoi figli in grembo anche dopo che sono nati, ci sono i mammiferi hanno il muso ad anatra, la coda da castoro, le zampe a lucertola, come se un fantomatico creatore avesse messo insieme un essere con i pezzi avanzati dopo aver fatto gli altri, è il paese dove potrebbe essere sempre stata. Lei, la sua tavola da surf e le balene.

PAOLO

Paolo ed io facevamo la prima classe insieme. Lui era piccolo, più piccolo di me. Le braccia e le gambe corte, la pancetta dei bimbi dove il turgor non è stato ancora sostituito dalla proceritas, lo ricordo seduto nel banco accanto al mio, vicino alla finestra che dava sul cortile della scuola. Lui era bravo ad arrampicarsi sull'albero del giardino, cosa che io non ho fatto mai, per la paura che mi aveva messo addosso mamma. Rimuginava sui compiti che dava la maestra, quella infinita sequenza di astine sul foglio a righe, buona per imparare a tenere la penna in mano. A differenza di quello che avevo fatto io, non era venuto all'asilo dalle suore, dove nell'anno precedente ci avevano già introdotto a quel mistero che era la scrittura. Un tratto obliquo qui, dall'alto al basso, un altro là con la pendenza opposta, poi un tratto in mezzo, orizzontale e leggevi a. Che meraviglia!

Lui veniva a scuola in bicicletta, a sei anni, come oggi non succede più. Abitava però proprio vicino, giusto girato l'angolo sull'Aurelia.

Un giorno non venne a scuola, e nemmeno il giorno dopo. Il terzo giorno arrivò il padre di un altro compagno di classe. In mano una coroncina di fiori bianchi. La maestra pianse. Tutti noi ci guardammo intorno senza capire troppo. Poi, a casa, ricollegai le sirene di due giorni prima, l'ambulanza, le urla strazianti di una donna e il camion fermo circondato dai nastri, quasi fosse sequestrato.

Paolo non è tornato più.

MARC

Marc era un tipo estroso e te ne accorgevi appena montavi sulla sua barca. Era un veliero norvegese usato per la pesca nei fiordi di un mare gelato, che lui aveva comprato quando ormai le vele non le voleva più usare nessuno per la pesca e l'aveva trasformata in una barca da crociera nei mari caldi del Sunshine State, in porto a Townsville. Alto e secco come uno stoccafisso, capelli lunghi bruciati dal sale con una sola treccia tenuta sulla destra, teneva un pappagallo sulla spalla, per davvero, come un pirata dei Caraibi.

Sono stato con lui ed il suo equipaggio una settimana, navigando tra le isole Del Mar dei Coralli. Alle sue crociere potevi partecipare in due modi differenti: o come ospite pagante servito e riverito, o come ospite pagante, ma pagando circa la metà, a condizione che facessi il mozzo. In quella settimana ho imparato a gettare l'ancora, le legare le sartie, allentare il paterazzo, montare sull'albero per fissare le vele al pennone. Era divertente e faticoso, certamente una cosa nuova.

Una mattina, eravamo appena salpati dalla rada davanti ad una lunghissima spiagge deserta, il mare cominciò a diventare veramente grosso. Dovevamo andare alla Lihou Reef Conservation Reserve Coral Sea Islands e lui, al cassero di poppa, teneva in mano la ruota del timone, urlando comandi a tutti, e facendo credere, giuro, fosse la fine del mondo. Ne uscimmo indenni ed arrivammo dove eravamo diretti, giusto qualche quarto d'ora dopo l'orario programmato.

Marc certamente non era Beatrice, ma mi ha condotto nel posto più vicino al paradiso che abbia mai visitato.

ANNA

La maestra Anna per casa ci dava come compito quello di scrivere le "cronache", una a settimana. Così, dopo un po' di tempo, invece di raccontare la cronaca della mia giornata, cominciai a raccontare storie inventate di sana pianta.

Scrissi del lavoro di mio padre, che io vedevo al di là del fosso dalla mia camera all'ultimo piano di un palazzo in periferia, senza esserci mai entrato all'interno della fabbrica con il suo altoforno per la fabbricazione del vetro armato. Scrissi della carrucola che vedevo andare a prendere la sabbia per portarla da una parte all'altra e poi tornare indietro dall'altra alla parte. Scrissi della vita di una guardia forestale in alta Garfagnana, alle prese con funghi e vipere. Un giallo, il rapimento Lavorini, ambientato a Pisa tra le strade del centro che percorrevo in pullman quando ancora il centro non era un'isola pedonale e io andavo a fare ginnastica nella palestra UISP, al tempo l'Unione Italiana Sport Popolare. Poi, chissà perché, decisero che era meglio cambiare nome, perché popolare era troppo di sinistra. La prendemmo, male in casa, un po' come un affronto: avrebbe mai la Coca Cola abbandonato il suo brand?

Alla maestra piacevano, mi pare, questi voli fantasiosi che però sempre avevano un fondo di verità, il contatto con ciò che mi circondava.

Il quaderno delle cronache, era un quaderno alto, con le righe fatte per la terza, è rimasto nella libreria di casa dei miei per tutto questo tempo, a fare bella mostra di sè, in mezzo a Dostoevskij e Vladimir Il'ič Ul'janov. La casa dei miei è cambiata due volte nel corso degli anni, ma lui non ha mai perso il suo posto. È come un figlio. Lo chiameremo William o David che erano gli altri nomi che babbo aveva scelto per me. Chissà cosa l'ha poi convinto a sceglier questo.

GINO

Ho scritto un'altra volta di nonno Gino. Nel 1956, lavorava alla toupie al cantiere navale Luigi Orlando, la macchina gli fece uno scherzo niente male. Gli agguantò tre dita cella mano destra e gliele strappò di netto. Zac. Quando arrivò all'ospedale, nella nebbia inebetita del loro, frastornato per il sangue perso, i medici gli chiesero se quello che era rimasto di quelle tre dita le volesse separato o se avessero dovuto cucirglielo tutto insieme. Voi cosa avreste fatto? Lui decise di tenerle insieme: erano tre pezzi di falange che avrebbero fatto una specie di dito nuovo.

Il l'ho conosciuto così, per me quella mano strana non lo è mai stata molto. In fondo quando mi carezzava io sentivo solo l'affetto del mio nonno e lui l'amore per il primo nipote.

A volte, di quella mano, con solo il pollice e l'indice interi e poi, nel mezzo, quella massa informe, se ne approfittava. È successo una volta che stavano in auto, nonna seduta sul sedile del passeggero, io dietro che chiacchieravo, e chiacchieravo e li sfinivo di parole. Così nonno non si accorse che era scattato il verde e qualcuno da dietro ci suonò. Lui alzò la mano destra all'altezza dello specchietto e disse "calma, calma". Il tizio dietro divenne un toro. Sgommò sulla sua millecento blu, ci sorpassò e ci taglio la strada inchiodando. Scese dall'auto con il vapore che gli usciva dalle orecchie "le corna le vai a fà alla buona di tu mà". Ora dovete sapere che a Livorno la parola "buona", in questo contesto, di dice con l'accento sulla o, la buóna, e sta a significare una persona con un buco grosso. Quale sia il buco, e come alla mamma questo buco grande sia venuto fuori, non è dato sapere, o almeno non lo è per un bambino n macchina cn i nonni, ma potete stare certi che non è un complimento. Nonno Gino, da dentro l'auto, non si scompose, fissò l'uomo, mise in evidenza le sue mani e disse "ma chi ti ha fatto le corna?" Quando il tizio si rese conto della menomazione di nonno, sbiancò, retrocedette di qualche passo e dicendo scusi, scusi, io, veramente, rimontò in macchina e se la diede a gambe. Non si girò verso nonno e gli disse "te sei uno stronzo, questa cosa la sai e te ne approfitti. Ma un giorno o l'altro trovi qualcuno che capisce l'antifona e ti gonfia". Nonno sorrise sotto i baffi che non aveva ed andammo alle giostre alle rotonda d'Ardenza.

NICOLE

Lei assomigliava come una goccia d'acqua a Nicole Kidman in Dead Calm. Ora dopo che si è rifatta tutta non la riconoscerebbe più nemmeno la sua balia.

Aveva la pelle bianchissima. Ci avete mai fatto caso alla pelle delle ragazze inglesi che ha visto al massimo il sole fioco di Brighton? La sua pelle ricordo di averla vista la prima volta a Bateman's Bay. Lei si era allontanata dal gruppo, ma io non mi ero accorto, e girandomi verso l'inizio della spiaggia a chilometri di distanza, l'avevo vista, senza più camicia, mentre tentava di allacciarsi il reggiseno del bikini. Mi era venuto un tuffo al cuore per la sorpresa e l'imbarazzo di averla guardata quando non avrei dovuto.

Eravamo diventati amici in un modo francamente goffo e una mia gaffe quando la salutai la prima volta. Non conoscevo ancora bene la lingua inglese e allora, ogni tanto, qualcuno mi aiutava. Un amico italo-australiano mi disse che tra amici, quando ci si incontra, si dice ouisitenghing. Io avevo capito solo il suono, non davvero cosa volesse dire. Mi disse solo, non lo usare con il tuo capo, perché è una cosa che si dice tra di noi, in amicizia. Così lo usai con la prima persona che incontrai nel corridoio. Lei mi sentì, tutto sorridente, che dicevo quella frase nuova e si piegò in due dalle risate. Mi spiegò che to hang vuol dire appendere e quindi le avevo chiesto come ce l'aveva appeso. Ecco, non è una cosa che si può chiedere ad una ragazza.

Ho rivisto la sua pelle, bianchissima, mesi dopo, dopo averle fatto una corte discreta ma presente, ed aver ceduto lei alle mie avances. Quella sera, mentre ci stavamo conoscendo, le arrivò una chiamata sul telefono di casa. Era sua madre, dalla Nuova Zelanda. Lei arrossì, come possono arrossire le sedicenni se la madre vuol sapere qualcosa in più di come stanno andando avanti le cose con quel ragazzo. Le raccontò di me, per interminabili minuti. La sentii dire che era un tizio a posto e "so continental", che doveva essere un complimento per un ragazzo che arrivava dall'Europa e parlava con un accento particolare ma non italiano.

Siamo rimasti in contatto negli ultimi 27 anni. Come amici, niente più. Se anche capita che ci pensi non è la voglia di ricordare il passato, ma il ricordo di una persona a cui ho voluto bene senza aspirare ad altro.

Quando è nata mia figlia le ha regalato un libro con la storia di Rumpelstiltskin, una storia che mi aveva raccontato quando stavamo imparando a conoscerci a quel tempo là. Lei da qualche anno sta a Londra con il marito e la sua bimba, Paige. Quando è nata le ho regalato un giocattolo fatto a mano da un'artigiana fiorentina che credo abbia apprezzato molto, tanto che era presente nella libreria che si vede nell'ultima foto che mi ha mandato.

Quando ho corso a Londra, ormai anni fa, lei c'era ad aspettarmi davanti al Mall. Ogni tanto ci telefoniamo, ci mandiamo lunghe mail.

In questi giorni non mi risponde e io sono preoccupato. Il cellulare sembra staccato, alle mail non manda repliche. Sono davvero molto spaventato.

LUIGINO

Luigino aveva ventiquattro anno quando, d'agosto, decise di spedire la sua Vespa fino a Milano. La raggiunse qualche girono dopo insieme alla donna con cui avrebbe condiviso il resto della sua vita per fare il viaggio di nozze intorno ai laghi lombardi. Poi da Milano sarebbe tornato indietro, con la Vespa, per tornare a casa. Un giorno presero un acquazzone che li fradiciò tutti, ma la giovinezza e il sole caldo di quell'estate li asciugò.

Lavorava in fabbrica, all'alto forno, con la vita scandita dai turni. C'era la notte, che cominciava alle 9 di sera e finiva alle cinque di mattina, il tocco-nove che impegna il pomeriggio, ed il cinque-tocco che prende tutta la mattina (nota, in Toscana l'orario del "tocco" corrisponde alle ore 13 o all'una di notte, quando le campane delle chiese battono un tocco per avvertirti). Faceva 3 volte uno dei turni, poi un giorno di festa, poi 3 volte il secondo turno e così via. Visto che così però si finiva per lavorare sei giorni su sette invece dei canonici cinque, una volta al mese c'era la settimana corta, dove si lavorava solo due giorni per recuperare.

Quando aveva ormai quasi trent'anni decise che era giunto il momento di prendere il diploma, lui che aveva fatto il professionale. Tutti quelli con il diploma, in fabbrica, dopo poco passavano impiegati e l'aumento di stipendio e la vita normale non erano da scartare. Non volle però fare il serale, che sembrava un po' prendere una scorciatoia, così decise di frequentare insieme ai bimbi di sedicianni. Usciva dal turno di notte, un paio d'ora di sonno, tanto lui si addormentava ovunque, ed entrava in classe insieme agli altri. Per i turni della mattina spesso chiedeva il cambio ai suoi compagni di lavoro. In molti erano contenti di saltare una notte e glielo concedevano. Quando doveva entrare al tocco, usciva di classe un'ora prima, a mezzogiorno, e con la vespa andava a lavorare. Il primo anno, spesso, all'ultima ora c'era ginnastica, oggi scienze motorie, e quindi finì che a ginnastica non ci andava mai. D'altra parte alla sua età in mezzo ai bimbetti cosa avrebbe fatto? Fini però che quell'anno a ginnastica lo rimandarono a settembre. Mi piacerebbe sapere se c'è mai stato nessun altro in tutto il Regno ad essere rimandato in quella materia lì.

Finì geometri con 38, certo la maturità non gliela aveva data quell'esame lì. Di diventare impiegato non se ne parlò mai. Lui aveva fatto tutto il '68 ed il '69 in prima linea in fabbrica per protestare contro i padroni, e i padroni se la legarono al dito.

Quando suo figlio finì le scuole elementari decise, con la vespa, di fare insieme una vacanza ad agosto. Lo portò all'Isola d'Elba. Trovavano dopo c'era posto, una pensioncina, un piccolo alberghetto, la casa di un fattore. La girarono in lungo e in largo, fermandosi sulle spiagge, mangiando nelle trattorie, lui e suo figlio col chiorbone, abbracciato dietro la vespa beige.

Tanti anni dopo, su un aggeggio giapponese che però continuava a chiamare vespa, fu affiancato da una pattuglia dei carabinieri. Stava guidando, con un casco dell'80 vecchio quindi di trent'anni, e la gambe accavallate. Loro sorridendo gli chiesero se avesse voluto anche il giornale. Perché? fu la risposta. Era un modo un po' pericoloso di guidare quell'aggeggio a due ruote, però era anche vero che sicuramente non superava 20 come in macchina raramente superava i 40.

L'anno scorso, sempre ad agosto, ha spedito la sua vespa in un posto da cui non tornerà più, il mio Luigino. Io gli ho voluto un mondo di bene e mentre scrivo queste ultime parole, piango.

NELSA

Nelsa insegnava matematica ed era una tosta. Anzi, di più, i suoi studenti la temevano, ma senza odiarla perché era giusta.

Io l'ho conosciuta perché facevo sesso con sua figlia. Non me l'ha mai fatto pesare, anche se lo sapeva. Io avevo 23 anni, sua figlia 18 e le disse "stai attenta, lui è più grande degli amici con cui sei uscita fino ad ora. Vorrà qualcosa in più". Quante mamme l'hanno detto alle loro figlie o ai loro figli?

Accadeva a volte che io andassi a prendere a casa la mia ragazza ma lei non fosse ancora pronta così mi fermavo a parlare con Nelsa in soggiorno, sul divano di cuoio, i cuscini ricamati all'uncinetto e un plaid abbandonato sul bracciolo. C'era anche Roy, un labrador color miele, ormai un po' vecchio, che si metteva ai miei piedi ed ogni tanto sganciava delle loffie niente male.

Dai lei vidi il primo personal computer in una casa. Lei lo usava per proporre questa cosa pionieristica ai suoi studenti, nessuno dei quali, come me, l'aveva mai visto da vicino. Caricavamo ogni volta il sistema operativo dai dischi flosci da 5 pollici e 25 per veder apparire in basso a sinistra un piccolo trattino lampeggiante verde e già mi sembrava una meraviglia.

Parlavamo di quello che capitava. Lei era molto religiosa, avrebbe fatto poi il pastore della sua chiesa, come già avveniva da vent'anni. Io sono ateo e capitava che parlassimo apertamente di questioni che avevano a che fare con Dio per lei e dio per me.

Mi fece leggere, una volta, un articolo sul suo giornale, probabilmente settimanale, che spiegava perché, per la sua chiesa, uomini e donne sono uguali. "La parole s.ela scritta nella genesi l'abbiamo tradotta con costola, e la donna sarebbe nata dalla costola di Adamo. Molti che vogliono tenere la donna soggiogata all'uomo prendono spunto proprio da questo per dire che la donna deve la sua vita all'uomo, senza il quale non ci sarebbe stata. Ma è proprio il fatto che sia stata fatta con la stessa materia di cui è fatto l'uomo a renderla esattamente uguale. Tra l'altro quella parola, in ebraico, significa sia «costola» sia «fianco» ovvero una parte posta simmetricamente rispetto a un'altra uguale".

Ecco, io lo sapevo. L'avevo scoperto leggendo mille altri libri e Virginia Wolf.

MONICA

Monica ha due gambe lunghissime e sottilissime, i piedi leggermente storti, tanto che quando gioca indossa due scarpe diverse per compensare. È bello vederla sul campo quando gira sul perno e fa i suoi movimenti da pivot.

Ma è bello anche guardarla dallo specchietto retrovisore mentre si trucca gli occhi allungati e usa il pennello da ombretto con le setole vegane e io la riporto a casa. O quando con la forchetta scansa i legumi se andiamo a mangiare alla Taverna. Soprattutto è curioso quando al pub fa a gara con chiunque su chi beve più velocemente la mezza pinta. Le si gonfia il gargherozzo e in un solo respiro lei butta giù. Non ha mai perso. Una volta le chiesi perché prendesse solo mezze pinte, se poi ne beveva otto. È che non sta bene che una ragazza prenda una pinta intera, non è elegante. Così sono costretto a fare avanti e indietro al bancone. Ma è ancora per la tua ragazza? Non è la mia ragazza, non aggiungo poi purtroppo.

Lavora in un'agenzia di viaggi, sul lungomare. Perché la gente d'estate ama andare al mare, ma poi quelli che abitano lì, spesso sognano di andare su spiagge lontane, al mare dei Caraibi o alle Seychelles. Lei no. Ama soprattutto i posti al freddo, la Groenlandia, le Isole Svalbard, a volte anche più in su. Se trova qualcuno incerto, tra San Juanico o Deering stai sicuro che lei ti consiglia di andare lì, dove è più facile incontrare un cervo che un axolotl.

Anche io una volta mi sono fatto organizzare un viaggio dalle sue sapienti conoscenze. Mi ritrovai a Lappeenranta, sul Lago Saimaa, vicino al confine con la Russia. C'era un mercato, tutte le mattine, dove la frutta e la verdura era scarsa, le fragole di giugno, ma in compenso trovavi il pane d'orzo appena sfornato, il vendice affumicato e qualche posto sulla piazza che all'ora di pranzo serviva lo stufato di renna o le polpette d'alce. È una vacanza che non dimenticherò mai. E non dimenticherò mai la domanda che Monica mi fece quando ci rivedemmo.

ASTORE

Astore giocava a ping-pong come una ballerina. Non credo che a lui sarebbe piaciuto essere definito così. Capelli arruffati, barba dura, occhi penetranti, schiena irsuta e mani nodose, non sono proprio le caratteristiche di qualcuno che chiameresti ballerina. Ma i piedi, i piedi si muovevano così, agili, veloci per andare da un lato all'altro del tavolo verde a 76 cm da terra. Non l'ho praticamente mai visto sbagliare un colpo. Teneva la racchetta con l'impugnatura a penna, quella che chi non se ne intende chiama alla cinese, ma che in realtà fanno anche i giapponesi. C'entreranno gli occhi?

La velocità dei piedi era fondamentale per poter colpire sempre con il dritto. Il suo topspin, ovvero la rotazione della palla avanti, ne faceva praticamente una schiacciata, con la palla che toccato il tavolo schizzava via, quasi senza rimbalzare.

Una volta incontrò un campione, forse di regione. Non si fece impressionare. Dopo i primi punti cambiò registro. Il set rimase in parità fino al 10 pari, quando l'altro per prendere la palla toccò il tavolo con la mano libera, e infine Astore concluse con un colpo al volo. Negli altri due set non ci fu storia. Ma perché non ti ho mai visto ai tornei? Chiese quello. Perché non mi interessa, io sto bene al mio paese e non cerco gloria. Chissà cosa sarebbe potuto diventare se invece di sfidare noi ragazzi senza particolari abilità avesse provato le sue con quelli bravi.

Ha giocato fino a un giorno, che rimarrà scritto nel calendario del rione. È stato il giorno in cui ha cominciato a giocare a go e ha capito che non si può vincere sempre e dalle sconfitte non è vero che si impara, non fatevi fregare.

Perché hai smesso, gli ho chiesto un giorno? Perché sono fatto così. Non posso amare due cose insieme.

SERENA

Per tanti anni ho fatto l'allenatore di pallacanestro, il gioco più bello del mondo. Ho allenato ragazzini e ragazzine, uomini e donne, ho fatto il coach e l'assistente coach. Ho avuto qualche risultato, cose di poco conto, ma a volte erano comunque soddisfazioni grandi.

Un anno ho allenato la squadra femminile della città in cui abitavo ed insieme a loro la squadra delle ragazze under 18. Non ce n'erano molte di squadre femminili under 18 a quel tempo, così avevamo trasferte lunghissime in giro per la Toscana, da Grosseto e San Giovanni Valdarno, quando con i maschi di pari età le trasferte più lunghe erano a 20 km di distanza, Livorno o Pontedera.

In quelle trasferte, oltre che il coach, facevo anche l'autista del pulmino a nove posti (sì, andavamo spesso a giocare in 8 perché non c'era chi potesse o volesse portarne così tanto fuori altre 2), e si creò, in certi momenti, una certa armonia fatta di scherzi, di risate, di discorsi di diciottenni che mai avrei dovuto sentire, ma che t'importa, tanto è Valter.

Una sera, di ritorno da una delle trasferte più lontane, ci fermammo in autostrada all'autogrill, per metter sotto i denti qualcosa di commestibile, un Camogli o un Fattoria. Quando rimontammo sul pulmino, c'era un'aria strana. Mezze occhiate, risolini, vai tu, no mi vergogno. Alla fine Serena, la più sfacciata, si fece avanti e mi disse: ti abbiamo comprato un regalino. Oh, grazie dissi sorridente, ma sapevo che sotto sotto c'era qualcosa, forse uno scherzo. Tirò fuori una scatola di preservativi gusto fragola, da 10 pezzi. Senza perdere la calma, accostai alla prima piazzola che incontrammo. Presi la scatola e ne tirai fuori le dieci bustine staccandole una ad una e consegnando uno a testa di quei preservativi a ciascuna di loro che mi guardavano sogghignando. Ne aprii uno e spiegai loro come si usava. Qualcuna continuò a sorridere, forse per l'imbarazzo, qualcuna stava attenta. Una chiese anche perché c'era bisogno del gusto fragola. Ciascuna lo prese e se lo mise nel borsellino. Uno lo tenni per me, poteva tornare utile, arrivato a casa.

Il giorno dopo ricevetti la telefonata di Piera, la madre di una delle otto. La bimba, mi disse, mi ha detto cosa hai fatto ieri sera. Ecco, bravo, perché io non sapevo come fare.

SARA Y

Sara Y abita a Brooklyn, vicino a un parco. Dalla sua camera di intravede in lontananza il famoso ponte ma non c'è ancora l'odore della grande mela.

Sara fa l'insegnante di sostegno in una high school nel Queens. Non è una cosa semplice, mi disse tempo dopo. La mia è una scusa pubblica, mi raccontò, dove arrivano i figli delle famiglie più in difficoltà. Ho a che fare con casi di abusi, litigi, botte. Io poi mi occupo di ragazzi con difficoltà di apprendimento, dislessici. A volte scopri che anche in loro c'è del genio, la voglia di riscattarsi, di emergere dal gruppo, ma ci sono volte in cui mi chiedo chi me lo faccia fare, se non varrebbe la pena di mollare tutto in attesa di una situazione migliore, andare ad insegnare letteratura inglese che è la mia specializzazione.

In quella casa in cui vive con sua figlia Lily, io sono arrivato un giorno dopo aver risposto ad un annuncio pubblicato sul Brownstoner, un giornale di annunci immobiliari. Stavo cercando un posto dove vivere perché l'alloggio presso il campus mi andava stretto: troppe feste di ragazzini, troppa confusione la notte fino ad ore che avevano smesso di essere piccole. Io avevo bisogno di dormire, la mattina alle 5 andavo a correre con la città ancora quasi addormentata che era il momento più bello della giornata. Era il periodo in cui pensavo ancora che avrei potuto fare lo scienziato, così ero andato a Brooklyn perché la facoltà aveva appena avuto un riconoscimento importante dall'American Chemical Society per una cosa che volevo fare anch'io.

Così arrivai alla casa di Sara per affittare una stanza. Capelli biondi, sopracciglia scure non pensai che strano. In fondo anch'io ho i baffi rossi e la barba bianca, quindi una certa miscela nei colori ci poteva anche stare. Ci incrociavamo sulle scale di casa, facevamo due parole nel soggiorno, poi lei scoprì che sapevo cucinare e adorava mangiare italiano. Così diventai il suo chef 3 volte a settimana. A me piaceva, anche perché era un modo per imparare meglio la lingua, che stavo praticando quasi solo in ambito scientifico e quindi limitato. Una volta mi convinse a cucinare per lei ed i suoi vicini. Feci le lasagne al forno. Siccome non potevo comprare la macchina per la sfoglia decisi di comprare un matterello. Chi era intorno a me guardava incuriosito mentre facevo la pasta, fino a che uno, guardandomi mentre la tiravo al matterello mi disse "e così quell'affare serve a questa cosa qui? Io ho sempre pensato che fosse lo strumento che le donne usano contro il partito quando questo torna a casa sbronzo la sera dopo essere stati con gli amici". Hai letto troppo Andy Capp, gli dissi.

Fu così che, con Sara, diventammo intimi, nel senso che ci conoscemmo. Però non le ho mai chiesto cosa fosse la way del suo secondo nome. In fondo quello è un modo per avere un pizzico di mistero attorno a sé. La prossima volta che tornerò a trovarla magari chiedo chiederò.

È così che so che dalla sua stanza si vede il ponte. È così che scoprii che quasi mai il sopra è diverso dal sotto, come dice Marge Simpson, e il suo colore naturale era quello scuro.

RICHARD

C'è una nuvola in cielo. Sembra una tartaruga girata sul carapace, le zampe verso l'alto, ma senza coda. Mi è bastato guardarla per un po' che il vento d'alta quota ne ha cambiato le sembianze. Ora sembra una fenice, le ali distese, il collo allungato verso chissà dove. Poi diventa un'auto di grossa cilindrata e infine di nuovo solo una nuvola.

Tutto ciò che ci circonda può essere fonte di ispirazione. Una frase carpita in fila alla posta, un suono ascoltato da un telefono che funziona come un vecchio moog, un ricordo affiorato chissà da dove.

Ho scritto di persone che ho conosciuto, di persone che avrei voluto conoscere, di persone che ho solo immaginato. L'ho scritto perché mi piace, come quando vado a correre la mattina presto e, un piede dietro l'altro, nascono i pensieri nel silenzio del giorno non ancora cominciato.

Però è una fatica. Ti sei mai chiesto, quando leggi, quanto impieghi uno scrittore a scrivere un romanzo? Tu prendi il libro, scelto magari perché ti attira la copertina, o perché qualcuno che conosci ne ha parlato bene, giri la copertina cartonata e attacchi una parola all'altra, a far scorrere senza quasi accorgerti, quei segni in palatino e sogni. Io invidio quelli che lo fanno per mestiere. Chissà se hanno un metodo, ma scoprirlo forse toglierebbe un po' della magia. Mi sono messo ad osservarli, ad ascoltarli i libri, a cercare di capire cosa fa di un po' d'inchiostro sulla pagina un racconto che non vorresti mai abbandonare. Lascio che il richiamo della cena passi senza mettermi a sedere, che la luce rimanga accesa nella notte a letto. Ma ancora non l'ho afferrato, mi sfugge dalla penna.

Io li invidio gli scrittori, chissà se le loro storie sono vere o se invece sono solo parto della loro fantasia. Se è un parto immagino che sia doloroso ed io quel dolore non l'ho sentito mai. La fantasia, che serve anche quando la storia è dolorosa o il racconto ha un epilogo triste, si coltiverà? O a coltivarla si rischia di fare solo un'imitazione, visto che c'è bisogno di vivere le storie altrui? Bisognerebbe fare come le donne di Yeats, andare alla fonte per raccogliere le notizie e con quelle riempire la propria sporta in modo da attingere a quegli episodi per scrivere tutti i giorni storie nuove.

Io li odio gli scrittori, perché fanno sembrare semplice ciò che richiede uno sforzo immane. E di più odio i poeti, che le stesse cose le dicono in una manciata di parole. Io non ci riesco e per questo guardo il cielo, perché credo che se si guardasse sempre il cielo, si finirebbe per avere le ali. Che bello se l'avessi detto io.

IL SIGNIFICATO

- Come te lo posso spiegare il significato? Come posso spiegarti perché mi piace stare con te? Non c'è un motivo, o almeno non ce n'è uno solo. Vedi, tu hai un modo di parlare un po' particolare. Siccome questa non è la tua lingua, usi termini che una persona di qui non userebbe mai. A volte dici parole senza senso, a volte forse hanno anche il significato che vorresti avessero ma noi le usiamo in tutt'altro modo. Non usi lo slang, non dici parolacce che forse non conosci e la tua pronuncia è deliziosa e divertente. Poi hai delle attenzioni nei miei riguardi che gli uomini di questo posto non conoscono: girare intorno all'auto per aprirmi la portiera, portarmi i fiori senza che ci sia nessuna occasione particolare, e mi ascolti attento mentre parlo. Questo per me è una novità e mi sorprende, oltre che piacermi. Ieri sera ti chiesto di fare l'amore e ti ho richiesto che tu parlassi la tua lingua mentre lo facevamo, dicendo le cose che diresti ad una donna dei tuoi posti. Ascoltare il suono della tua voce, in una lingua sconosciuta, melodiosa, è stato come andare in un luogo lontano, sconosciuto, ma attraente e infine godere di quei posti. Non l'ho mai fatto così. È stato bellissimo e ti voglio che continui per sempre. Sono così coinvolta con te che vorrei che tu dessi spazio a qualunque tua fantasia. Puoi chiedermi qualunque cosa tu voglia, adesso. Io la farò.

- Baciami subito! perché non c'è fantasia che mi possa soddisfare di più della realtà che sto vivendo!

LA RAGAZZA CON IL BIKINI A POIS ROSSI

L'aveva conosciuta al mare, lei in bikini a pois rossi, la sabbia le era rimasta attaccata vicino allo slip ed a lui c'era caduto l'occhio. Che poi quell'occhio chissà che male con tutte le volte che cadeva. Una volta era un sedere, una volta il bottone del reggiseno di una mamma, una volta le sopracciglia depilate, una volta la caviglia avvolta da sandali alla schiava color cognac.

Il fatto era che rimaneva poi a fissarle, quelle donne, e loro ne provavano fastidio, ne era certo. Chi chiudeva la camicia inavvertitamente aperta, chi dava un colpo con la mano ad i capelli che ricadevano in avanti, chi scalciava scocciata in alto quasi avesse le infradito. Lei no. Non aveva allontanato con la mano quei granelli, era rimasta lì, con un sorriso divertito di quell'imbarazzo che gli aveva colorato le gote.

Mi dai una mano? gli aveva chiesto, le mani ingombre di boccette con le creme ed un asciugamano. Sì, cosa vuoi che faccia? Non so cosa lo avesse autorizzato a darle del tu, lui così sempre legato all'etichetta ed al bon ton.

La sua famiglia era conosciuta in quel posto di villeggiatura. Già il nonno, l'ingegnere, andava lì a fare il bagno e a prendeva il sole fregandosene che al tempo solo i contadini che lavoravano nei campi erano abbronzati di settembre e ottobre. Le donne di quel tempo dovevano essere bianche, a dimostrare la loro condizione e di far parte della buona società che faceva lavorare gli altri, a servizio. Agli uomini era un po' più permesso, proprio perché non si trovava sconveniente che un uomo, benché altolocato, potesse andare a fare un tuffo in mare. Dopo il nonno era stato in tempo di suo padre, anche lui ingegnere anche se nessuno al mare ce lo chiamava mai. Aveva progettato quel pontile che portava i villeggianti fin dentro l'oceano e d'inverno era divertente prendere gli spruzzi che arrivavano dai cavalloni alti.

L'aveva accompagnata a casa, una villetta viareggina non lontana dal viale che correva lungo la battigia e aveva incominciato a fantasticare, per la prima volta, di cosa avrebbe voluto dire avere una ragazza. Non ne aveva mai avuto una, se si eccettua, e sicuramente lo si poteva fare, la storia di bambini che aveva avuto con la sua compagna di banco in quinta elementare. Si immaginò di portarla a cena, in un locale con le luci basse e la musica in sottofondo come quella dei film in bianco e nero. Si immaginò di passeggiare all'ombra di un bosco di sicomori. Che poi lui il sicomoro mica l'aveva mai visto. Ne aveva letto nei romanzi, e uno aveva quell'albero fin nel titolo, ma non pensava che davvero esistesse, ma fosse solo un artificio letterario per dare un bel nome ad una cosa tanto comune quanto un albero.

Quanto tempo era passato da quel giorno? Quando stavano sul limitare della porta e lui non sapeva cosa dire? Lei era stata brava, lo aveva calmato parlandogli di cosa aveva visto e lui si era sciolto rivelandosi per ciò che era.

C'erano tornati insieme tutti gli anni in quel posto di vacanza, prima coi figli, poi con i nipoti. La casa, sempre la stessa. L'anno prima aveva voluto fare un cambiamento, a cui pensava da tempo. D'accordo con chi quella casa per le ferie gliela affittava, fece piantumare 3 di quegli alberi, la specie americana, con la corteccia grigia. Se ne curò, preso dai ricordi. Mentre lavorava si rinvenne della sabbia che aveva visto accanto ai pois, della ragazza che l'aveva curato dalla timidezza ed era ancora accanto a lui tutte le notti. Si toccò gli occhi, quasi fossero caduti. Era ancora lì, la più bella donna che avesse mai visto in cinquant'anni.

CRISTINA

C'è una foto in cui si vede mia sorella, probabilmente i giorni dopo la sua prima comunione, e siamo a Venezia, in piazza San Marco, una delle poche vacanze fatte con la mia famiglia quando eravamo entrambi piccini. Ha una camicetta bianca su una gonnapantalone nera, la faccia leggermente imbronciata, tiene in mano un lecca lecca con una spirale bianca e rosa. Ha le codine con il fiocco rosso ai lati delle orecchie, uno a sventola. Le riconosco gli occhi vispi, che ha sempre avuto, come quando era vicina a fare un piccolo dispetto, forse a me, che sono vicino alla macchina fotografica, ma non sono io a fare quella foto. Vicino, dietro le sua scarpe con gli occhietti, ci sono due piccioni, probabilmente tubano. Più distante, a destra, c'è un signore vestito con pantaloni larghi, una giacca buffa e una fisarmonica in mano. Chissà cosa starà suonando. Perché suona, non c'è dubbio. Davanti a lui c'è un piccolo capannello di turisti, probabilmente tedeschi, intenti a guardare il suonatore con ai piedi le Birkenstock ed i calzini di spugna bianchi. Uno ha un gelato dentro il cono e tra le dite e questo una salvietta. La lingua è fuori ma ancora non sente il gusto di quello che sembra fiordipanna. Sul lato opposto della foto ci sono due giovani, non saprei dire se sono due ragazzi o ormai un giovane uomo e una giovane donna. Lui è piegato in avanti, i capelli compostissimi corvini sulla testa che non si muovono. Lei è su una gamba sola, sulla punta del piede destro e con l'altra disegna un quattro. È protesa verso l'alto, il collo allungato, i capelli lunghi le scendono sulla schiena mossi da un refolo di vento. Non è alta e deve arrivare a lui per dargli un bacio. Chissà cosa ha attirato quel bacio, una cosa detta, una cosa fatta o semplicemente un luogo, una piazza con tutti quei piccioni. Che tubano. Ancora dietro c'è il cameriere di uno dei bar sotto il loggiato che porta sulla mano aperta verso l'alto un vassoio, il gomito piegato verso il basso, il braccio opposto in una mossa d'equilibrio e sistemare il baricentro. Dentro ci saranno probabilmente tazzine di caffè perché dal bordo del vassoio non si vede uscire niente. Poi una folla indistinta. Vedo la nuca di dieci, forse più persone, qualcuno è coperto dal corpo di altri, chi in piedi, chi seduto, uno corre, ma non li distinguo.

Quante sono le persone che incrociamo nella vita e rimangono impresse nell'argento delle nostre foto? Sarà stato il caso che le ha portate lì? Ma come ha fatto a farcele arrivare, se il caso non esiste? E saremo entrati noi nelle foto degli altri e scateneremo un turbine di ricordi quando le riprenderanno in mano e noteranno in qualche angolo la nostra faccia o il colore dei nostri jeans? Gli altri, senza che ce ne accorgiamo, cominciano a far parte della nostra vita senza che noi lo vogliamo e loro ne siano consapevoli. Nemmeno sanno di esser stati immortalati in una scena che rivedremo per sempre in una cornice di peltro appoggiata sul ripiano del mobile in soggiorno. Nello stagno dei nostri ricordi hanno gettato un sassolino che ha iniziato a formare onde concentriche che piano piano si attenuano e poi non ricordiamo più le circostante che hanno fatto scattare quell'immagine regalata al futuro. Perché è il presente il futuro del passato ed è bene che ce ne ricordiamo. (grazie Chiara che avermi dato lo spunto e forse qualcosa in più).

UN MESTIERE

- Ma tu di mestiere cosa fai?

- Io mi occupo di sogni.

- Beeello! Ne fai l'interpretazione?

- Tu sei di quelli che pensano che i sogni contengano segni premonitori?

- Beh sì. Lo sanno tutti che se in un sogno vedi un gatto vuol dire che c'è un tradimento in vista, se perdi i denti sei consapevole che stai invecchiando, se nel sogno voli allora vuol dire che ti vuoi liberare dalle costrizioni.

- Ah, no, non lo sapevo.

- Almeno sai che i sogni predicono il futuro?

- No, io non ci credo. Al limite rimettono ordine nel tuo passato, ma che tu attraverso i sogni possa vedere cosa succederà è roba da indovino e io non lo sono affatto.

- Allora programmi le vacanze di qualcuno in qualche isola tropicale?

- Cioè vuoi sapere se io sarei in grado di organizzare un viaggio chissà dove per esaudire la voglia di qualcuno a scoprire posti che le riviste patinate descrivono come da sogno.

- Sì, proprio così.

- No, non è il mio lavoro.

- Sono proprio incuriosito, ma non me lo dire. Lo voglio indovinare. Ti occupi di sogni. Allora. Non è oniromanzia, non sono viaggi. Fai l'imprenditore! Come quel tizio in televisione che fa delle cose da sògnio, quello della formula uno, con il figlio con il nome strano. Come si chiama, dai? Uhm, ce l'ho sulla punta della lingua

- Uno del quale non ricordi il nome, ti pare che si possa occupare davvero di sogni? Al limite si occuperà di dentiere

- E allora non lo so. Dimmelo tu. Cosa fai?

- Leggo libri, almeno uno al giorno e scrivo storie, almeno una al giorno

- E che c'entra con i sogni?

- Cosa hai sognato questa notte?

- Quasi mai me lo ricordo.

- E quando ti ricordi di quello che hai sognato, cosa fai?

- Di solito lo racconto alla mia compagna, perché c'è sempre qualcosa di assurdo che non mi riesco a spiegare e lei mi aiuta

- E di che materia sono fatti, quando li hai raccontati

- Beh, sono fatti di parole

- Allora hai capito che una storia raccontata a parole, cioè quello che c'è in un libro, altro non è che un sogno. Non tutti ti devono piacere. Ci sono quelli che lasci a metà e quelli che appena sveglio vorresti riaddormentarti per poterci tornare. I libri sono fatti così. Ce ne sono alcuni dai quali mi voglio risvegliare presto e non mi interessa sapere come andranno a finire, altri che vorrei rileggere tante volte tanto mi hanno fatto bene. Ma ogni volta che mi addormento, ogni volta che inizio un libro nuovo, non so cosa succederà e per godermi quello che verrà non voglio che l'attesa sia lunga. Mi immergo più velocemente possibile ed inizio l'avventura.

LE MANI

Non vedo l'ora di sentire le sue mani su di me.

Appena sarà finita questa angoscia, appena potrò riprendere possesso della vita che mi ero scelto, appena non sarò costretto a sopportare questa pena, tornerò a trovarla.

Mi piace quando si scalda le mani prima di iniziare questo tempo che è solo nostro. Prende l'olio di mandorle dolci, strofina palma contro palma ed inizia a massaggiarmi i piedi.

I piedi sono la cosa più intima che ciascuno di noi abbia, più degli occhi, più della bocca, anche più del sesso. Una cosa che gran parte del tempo teniamo nascosto, dentro calze e scarpe che costringono a limitarne la libertà e che la sera non vediamo l'ora di toglierci per liberarci, ma non per mostrarli. Io ne sono geloso. Quando sono al mare li metto nella sabbia, sul divano incrocio le gambe per tenerli lontani dagli sguardi.

Vado da lei, una volta, due, dieci e la prima cosa che fa è quella. Chiudo gli occhi. Ascolto il silenzio.   Rilasso ogni muscolo che conosco nel mio corpo. Perché quando lei mi tocca niente deve distrarmi. Non c'è musica, non c'è luce, non c'è profumo o alito che mi sottragga da quel momento che per me sarà tra i migliori di tutta la settimana.

Sento i polpastrelli andare sotto l'arco, il pollice ed il monte di Venere spingere sotto e fare forza e ruotare. Quando separa l'alluce dall'illice, che ho un po' grosso e squadrato, poi passa al triplice, al pondolo ed infine arriva al mellino, toccandoli su ogni centimetroquadrato, un brivido mi corre nella gamba, fa tremare il soleo, il sartorio, il gracile, entra nell'inguine e si ferma. Le vorrei dire sì, continua, è proprio per quel punto lì che ho preso l'auto, ho fatto i chilometri che mi separano dal tuo studio e mi sono sdraiato sul tuo lettino.

Ho solo paura che qualche volta qualcuno mi mandi a casa mia un paio di scagnozzi, mi porti sulla veranda e mi appenda di peso fuori dal balcone, che è la fine che fa chi si fa fare un massaggio ai piedi. Perché qualcuno, tipo quel Marcellus per esempio, non la prende tanto bene. Ed ha ragione, perché forse penso anch'io che potrebbe essere lo stesso campo da gioco, lo stesso campionato e anche lo stesso sport. Voi dite che un massaggio ai piedi non è niente? Bene, allora voi, amici uomini, glielo fareste un massaggio ai piedi ad un vostro amico?

ELENA

Una volta ho sentito Elena dire di sottecchi, hai visto che culo c'ha lui lì. Non parlava di fortuna, ma guardava con ammirazione il fondoschiena di un tipo che passava lì per caso.

Lo sai, noi uomini ce lo chiediamo a volte cosa dovremmo avere per far colpo sulle donne. Loro hanno tante cose: i capelli, gli occhi, la bocca, il davanzale. Noi non lo sappiamo da cosa sono attratte. Abbiamo spesso i capelli corti, se ce li abbiamo, c'è chi ha il riporto pensando che sia meglio, chi sta proprio senza negli ultimi anni è un po' di moda, gli occhi senza trucco, la bocca non è rossa ed il davanzale, a volte, è un po' più in basso ed è più una ciambella, arrivati ad una certa età. Quindi perché qualcuna ci rivolge la parola? Davvero. Cosa le attrae di noi? Io me lo sono chiesto spesso.

Al primo anno di liceo, nella mia classe, le bimbe fecero una classifica. Luca al primo posto, oggi fa l'attore, io nella parte centro bassa, ottavo su quattordici. Per questo non mi facevo avanti. Perché prendere una musata? Beh, anche se l'avessi presa e mi avesse cambiato i connotati, non è che avremmo perso un granché, però preferivo mantenermi come ero. A me piacevo. Mi guardavo nello specchio e vedevo occhi azzurri, capelli biondi, lunghi e boccoluti, il prototipo del principe delle favole, a parole. Non erano evidentemente della stessa idea le mie compagne. Poi una volta andammo in gita. Un giorno, per vedere l'eremo di Camaldoli. Al ritorno, 3 ore di viaggio in un pullman non proprio gran turismo, feci, senza secondi scopi, quello che mi riusciva meglio. Parlai, raccontai di me, di quello che facevo. Il giorno dopo, Grazia, mi chiese "ma cosa hai fatto a Susy?" Io? Niente, mi pare niente. "Si è innamorata persa di te". Caddi dalla sedia. Vuoi vedere che... Forse per avere una possibilità... Ma dai, come può essere che...

Non successe niente con Susy, ero proprio imbranato, però certo quell'occasione mi dette una qualche consapevolezza. Ho scoperto che per avvicinare qualcuna che mi piaceva la prima cosa da fare era essere se stessi. E meno male che c'è stata qualcuna, mica tante, a cui è piaciuto cosa avevo da far vedere.

BENEDETTA

Guarda, le tue storie sono troppo lunghe. Quando me lo ha detto non ho capito. A volte le mie storie sono giusto qualche riga, quasi mai una pagina intera. La mia ambizione, ma non solo mia, ne sono consapevole, sarebbe di scriverne una lunga quanto un romanzo. Quella sì che sarebbe lunga, anche solo di un centinaio di pagine, da leggere in due ore seduti sulla poltrona messa nel giardino. Che poi io un giardino davvero non ce l'ho. Ho una corte. Una corte pavimentata con delle lastre di porfido ma senza fenocristalli, quindi proprio porfido non deve essere, ma è per capirci. Lungo tutto il perimetro ho posizionato delle vasche, rosse, che fanno da vasi per le piante, di photinia, le foglie rosse anch'esse. Ci sono anche fiori, calendule, con i cento petali color arancio, buganville con le foglie viola, un po' di gelsomino dall'odore intenso e bianco. Ho anche due limoni, che non so coltivare. Fanno dei frutti che maturano secchi e con poco succo colpa dei mio pollice che non è verde e qui servirebbe giallo.

Mi sono accorto che scrivo di colori, ed è un po' singolare che lo faccia proprio io, che i colori non li vedo per ciò che sono. Ho scoperto, alla visita per la patente, che non vedevo il verde e il rosso, un bel problema con i semafori se non fosse per la loro posizione. Ricordo, all'esame della terza media, di aver fatto un disegno con la matita che mi pareva molto bello e così mi disse anche la mia insegnante. Però coloralo adesso, prima di consegnare, mi disse. Io ce la misi tutta ma lei, quando glielo portai, fece una faccia strana, oggi che so la parola, potrei dire che la sua faccia era disgustata. Non mi disse niente, ma io capii che l'avevo fatta grossa. Tergiversai quando dissi a mamma com'era andata quella prova. A me sembrava bene, però non ne sono tanto sicuro. Passai con ottimo, perché fortunatamente nelle altre materie i colori non erano così importanti. Ma certo era un bel problema, senza che io ne sapessi niente.

Ho avuto problemi anche all'università invece con i colori per le titolazioni. Andava bene con la fenolftaleina, che vira da incolore a rosa o rosso cremisi a pH 8 e 3. Ma perché il verde di bromocresolo virasse dal giallo a blu non me lo sono mai spiegato. Questa proprietà dell'alocromismo è singolare, come quello delle molecole in grado di chelare un atomo di un metallo per fargli fare un cambiamento di colore deve essere affascinante. Qualcuno di coloro che mi leggono dopo questa parole che hanno a che fare con la chimica avrà smesso, ma è una debolezza che ogni tanto mi permetto. Quando, ai corsi che tengo in aule dove ci sono adulti venuti a sentire argomenti che sono obbligati a conoscere per continuare a svolgere il loro mestiere, anche se loro ne farebbero volentieri a meno, a volte mi faccio prendere la mano. Vedo le loro facce con gli occhi fuori dalle orbite, me ne accorgo e dico, scusate, ho una strana malattia, lo so, a me la chimica piace e ne parlerei per ore. Si può guarire?

SOFIA

Eravamo seduti sui sedili del bus con in mezzo il corridoio a separarci. Parlavamo sottovoce con in sottofondo il chiasso della comitiva. Si era andati in settimana bianca, su al Sestiere con il nostro gruppo di amici molto rodato. Avevamo preso due camere molto grandi, maschi in una e femmine nell'altra, letti matrimoniali e letti a castello in entrambe.

Vedi, mi disse, sono cinque anni che stiamo insieme, che alla nostra età è una vita, e ti voglio bene, ma ormai ti voglio bene come a un fratello. Non rimasi sorpreso della sua affermazione perché quello era anche il mio sentimento. Non so se succede a tutti Sofia, dopo anni, dopo che le cose le si comincia a fare per abitudine e ti capisco. Vorrei solo che ci dessimo un ultimo bacio e lo facemmo. Fu un bacio appassionato, come quando sai che quella è l'ultima volta e non ne vuoi perdere il gusto, la sensazione.

Ci raggiunse Livia, con la quale lei aveva evidentemente già parlato e disse, siete eccezionali, non ho mai visto nessuno lasciarsi così.

Mi spostai sul sedile accanto, le ginocchia verso il finestrino. Guardavo fuori il paesaggio che cambiava. Pioveva e piansi, senza versare una lacrima.

Neanche 10 giorni dopo io stavo con un'altra, l'esatto suo opposto, avevo proprio voglia di cambiare. Una bionda, l'altra mora. Una con il viso allungato l'altra tondo. La risata, ecco, oggi che ci penso, la risata era la stessa.

La portai presto dagli amici, per farle vedere chi ero, cosa pensavo e farle capire che a quello non avrei rinunciato. Fu accolta bene, e tra gli amici c'era anche Sofia. Mangiammo pasta condita con un paio di scatolette di Spuntì, quello era ciò che passava il convento. Capitava spesso che ci trovassimo nella casa che due di loro avevano preso in affitto dal maestro, ma poi avessimo poco da mangiare e allora ci saziavamo di schifezze e di battute, vino scadentissimo e spuma. Non so se fu una serata buona, rimasi lì cercando di capire se la mia nuova fidanzata sarebbe stata accolta e se io davvero volevo che lo fosse. Mi resi conto che probabilmente avevo fatto una cazzata, solo dieci giorni dopo, ma ormai era fatta. Non ripetei l'esperimento.

A ripensarci tanti anni dopo ancora non so decidermi su quale giudizio dare. Ma solo perché sono indulgente con me stesso, e dirsi hai sbagliato fa fatica, di una fatica vera.

IL CINEMA SOTTO CASA

Vicino a casa mia, c'era un cinema di quartiere, il cinema della parrocchia, cinema Arno. Rimase per un po' di tempo inutilizzato poi cominciarono a proiettarci i film la domenica pomeriggio, per noi ragazzi, e anche la sera.

Erano i tempi dei film western, quelli con gli indiani ed i cow boys, ma anche dei film spaghetti western, come avrei imparo poi che si chiamavano quelli di qui tipo lì. Era il tempo di Bud Spencer e Terence Hill, ben lontano da quel tipo che pare faccia alla TV un tale don Matteo. Ci divertivamo un sacco con loro, con Pozzetto prima del taaac, con Celentano.

Poi arrivò il primo film vietato, vietato ai minori di 14 anni e noi eravamo proprio lì, qualcuno ce l'aveva già, qualcuno avrebbe compiuto quell'età di lì a poco. Fu uno di quei film a farci vedere la prima donna nuda. Nel quartiere qualcuno protestò. Non era bello che il cinema della chiesa facesse vedere quelle cose lì, i ragazzi ne potevano rimanere turbati. Ora io al tempo non sapevo cosa volesse dire essere turbato, ma certo non mi sembrava che potesse essere una cosa tanto brutta se a me faceva quell'effetto, anche se oggi porto gli occhiali. Ma come fa il prete? Si chiedevano le beghine. Forse non si erano accorte che anche al prete quelle cose non dispiacevano affatto, anche se io al cinema non ce l'ho mai visto o magari c'era una proiezione solo per lui prima o dopo la nostra.

Anche qualche anno dopo il cinema è rimasto uno dei nostri svaghi preferiti. Ci si andava ogni domenica tra le due passeggiate in centro per lo struscio. Ci si andava anche quando si cominciò ad avere le prime ragazzine. Una storia romantica o una paurosa erano una scusa ottima per stringersi al buio e toccarsi sopra i vestiti. Divenne una cosa tanto comune che con la mia compagna di banco dei primi anni del liceo ci si diceva "ieri sei andato al cine?" e facendo un risolino. Del film non ce ne fregava nulla, il cine era aver fatto quelle cose lì che stavamo scoprendo molto incuriosioti.

Anche se quelli fatti a Cinecittà o negli stabilimenti di Pisorno riscuotevano un certo successo, molti film provenivano da oltreoceano, i film di Hollywood avevano un altro fascino. Ci affascinava vedere un mondo che sembrava avere ben poco in comune con il nostro. Quelle Cadillac, le Dodge, le Buick sulle nostre strade non giravano, ma anche quei tacchini enormi, gli spaghetti con le polpette, i pomodori verdi fritti e il burro di arachidi nessuno li aveva mai visti, figuriamo assaggiati. Fu così che per molti di noi l'America diventò un mito, un posto dove andare e non ci distrassero i film dove vedevamo ciò che veniva fatto agli afro-americani, o che ad un certo punto gli indiani cominciassero a vincere sui cow boys. E lo stesso vale per le canzoni. Anche se non capiamo una parola, blowing in the wind, senza far infuriare la bufera, ci è sempre sembrata la cosa giusta da fare.

SOFIE

Non mi ricordo mica quand'è che l'ho conosciuta, ma mi ricordo come. C'era un concorso di fotografia in una località di villeggiatura e le sue foto erano insieme a quella di altri dilettanti. Il talento non si insegna e lei ne aveva da vendere. C'era una sensibilità nelle sue foto che forse dipende dal suo mestiere che è quello di aiutare gli altri nei momenti della sofferenza.

Mi fermai a guardarne qualcuna. Ricordo la foto di un'anziana contadina vietnamita. Nonostante fosse in bianco e nero si vedeva chiaramente il colore della pelle cotta dal sole. Gli occhi piccoli circondati da profonde rughe ridevano come la sua bocca senza denti. Faceva tenerezza e metteva voglia di entrare nella foto per aiutarla a strappare l'erba nel campo di riso allagato.

C'era poi la foto di un uomo d'affari newyorkese, vestito con un cappello da cowboy. Le braccia appoggiate sul tavolo di Starbucks che faceva da base alla cornice. Le mani con le dita incrociate intorno ad un bicchiere di caffè caldo, con il vapore che sale in controluce e lo sguardo intenso di quell'uomo che guarda oltre la vetrina e verso la città che non dorme mai.

Ho visto anche un suo autoritratto. L'occhio nel mirino, le mani a ruotare l'obiettivo della reflex per far combaciare le due mezze lune per la messa a fuoco e dietro un sorriso sornione che dissimula l'impegno.

È così che l'ho conosciuta, in mezzo agli altri artisti. Piccola fino ad essere minuta, ma con un cuore grande che me la fa apprezzare, aveva le cuffie nelle orecchie e sussurrava tra se un motivo de Le luci della centrale elettrica. Sei quella che di notte ascolta gli altri respirare.

Quando mi sono avvicinato ho avuto paura di fare la figura del moscone. Si chiama Ottavia. Le è piaciuto che mi fossi interessato a lei e mi ha invitato a pranzo, niente di speciale, ha detto, una cosa tipica locale, che non ti aspetteresti mai da un tipo come lei, aggiungo io.

Quando sono triste vado sul suo blog a vedere le impronte di piedi sulla sabbia, le panchine coperte dalla neve di una città dove non ha nevicato mai, i fienili abbandonati, un letto senza rete con il materasso abbandonato sul pavimento, perfetti sconosciuti in posizioni di autentico stupore.

Se la bellezza è negli occhi di chi guarda, io sono fortunato perché guardo non solo con i miei.

QUARANTENA

A voi, questa quarantena, cosa ha portato? Non mi sto chiedendo cosa ci abbia fatto arrabbiare, come ci abbia fatto rallegrare, cosa riflettere e cosa scoraggiare.

Tante volte mi sono fermato a pensare nel passato in cosa, il fatto di essere nato qui, mi rendesse diverso da chi è nato in altre parti sul globo terracqueo. Ho sempre pensato, per esempio, che per noi le file non avessero significato. Davanti agli uffici, al botteghino dello stadio, a ritirare una raccomandata all'ufficio postale, da noi la fila non è mai esistita. Solo un ammasso informe di persone, spesso vocianti, che al telefono ti fa sapere la sua vita, la nostra morte e gli altrui miracoli parlando ad un volume che fa della ipoacusia la malattia più indennizzata, dove però nessuno riesce a passare davanti ad una altro, tanto siamo bravi. Grazie ad anni di allenamento, ma secondo me anche perché è scritto nel DNA di chi nasce in quella penisola a forma di stivale dove sono nato anch'io, si acquisisce una dimestichezza con quello che da altre parti avrebbe la forma di una fila che secondo me chi arriva da un altro paese ci invidia. Invece avete visto in questi giorni cosa c'è davanti ai supermercati? File ordinatissime, quasi nessuno parla, sembra di essere a Kuopio o a Savonlinna. Così mi sono meravigliato quando stamattina, a due giorni dalla mezza fine del lockdown, davanti alla farmacia ho trovato il disordinato caos del 2019. Quindi chissà se la quarantena ci avrà portato ad un cambiamento nei comportamenti, è ancora presto per delle conclusioni.

Ed i rapporti con le persone, quanto saranno cambiati? Ieri mattina, per esempio, sono stato ad un incontro di lavoro in un'azienda dove lo scopo è allenare cavalli da trotto che del virus sembrano infischiarsene. Loro corrono, criniera al vento. Mi ha accolto una ragazza, Jenna, le gote rosse e bionda, come solo le finlandesi sanno esserlo. Nel 2019, ma anche prima, avrei cercato di capire che tipo fosse, se per far colpo, dal punto di vista professionale, sia inteso, avrei dovuto dire qualcosa per farle capire la mia competenza nella materia o se fosse stato meglio mostrarsi meravigliato in positivo di quello che vedevo. Ieri invece, dopo due secondi, avrei voluto avere un contatto umano, stringerle la mano, forse anche abbracciarla. Ci mancano davvero le persone? Ci interessa davvero cosa fanno? Ci basta vedere i loro vezzi pubblicati nelle storie di Instagram o non vediamo l'ora di rincontrarli al tavolo di un bar nella piazza centrale di città? Qualcuno nei due mesi è stato bene ed avrà scoperto la bellezza dello stare da soli con se stessi, che è come stare con le cento persone che hanno lasciato un segno nella memoria individuale. Sono fortunato, questi segni mi stanno riaffiorando in mente.

NARELLE

Nel 1993 ho passato un anno a Canberra, in Australia, con una borsa di studio alla Research School of Chemistry. Era il periodo della mia vita nel quale la chimica stava entrando di prepotenza in tutto quello che facevo, ma la pallacanestro ancora occupava gran parte dei miei pensieri.

Così, dopo poco andai a cercare un posto dove andare a vedere un po' di quello sport che a casa aveva occupato per più di dieci anni gran parte della mia giornata, con due allenamenti al giorno. Arrivai all'Australian Institute of Sport dove si allenavano le due squadre, maschile, i Canberra Cannons, e femminile, le Canberra Capitols. Giocavano alla AIS Arena, cinquemila posti, dove durante le partite una band rock suonava musica assordante con la squadra in attacco, e musica melensa quando in attacco andavano gli altri.

Andavo tutti i giorni a vedere gli allenamenti, ed allora, incuriosito, si avvicinò a me quello che si presentò come Pat, dopo avrei saputo che era il capo del programma di pallacanestro australiano per le nazionali giovanili, e mi chiese chi fossi. Così parlammo e gli raccontai di me, della chimica e del basket. Il giorno dopo tornò e mi disse, ho parlato con Mario (il capo del programma italiano per le nazionali giovanili), mi ha detto che ti conosce e sei bravo. Se vuoi puoi venire a darci una mano. Così feci un accordo con il mio capo all'Università. Lavoravo dalle 5:30 la mattina fino alle 15:30, poi ero libero di andare dove volessi ed io andavo in palestra con la palla a spicchi.

Durante uno degli allenamenti della nazionale australiana fui avvicinato da Andrew Gaze, il più forte giocatore australiano di quei tempi, forse di sempre. Io l'avevo visto molte volte in televisione, quando nel 1989 lui giocava nei college americani a Seton Hall e perse una finale ai tempi supplementari. Let's go pira-tes, gridavano ritmati i suoi tifosi. Ma aveva giocato un anno anche in Italia, a Udine, segnando caterve di canestri. Mi chiese conferma del fatto che ero italiano. Poi mi chiese cosa sapessi di Torino che lo avrebbe voluto ingaggiare per la fine di quella stagione. Io non sapevo niente di come stesse andando il campionato. Così mandai un fax, al tempo le mail non sapevamo neppure cosa fossero, a Luca che allenava a Livorno, e lui mi rimandò il ritaglio della classifica preso da Il Tirreno. Lo feci vedere ad Andrew che disse sconsolato, non voglio andare a giocare per l'ultima in classifica. Così Torino non riuscì ad ingaggiarlo, forse per colpa mia, e finì la stagione all'ultimo posto e retrocesse.

Dopo un po' anche le Capitals cominciarono ad accorgersi di me a bordo campo. Narelle chiese al coach chi fossi e lui ci presentò. Presi un po' di confidenza e le dissi che se voleva avremmo potuto lavorare sul suo modo di tirare i tiri liberi, che non andavano oltre il 50%, nonostante fosse tra le migliori della lega nel tiro da tre. Ci vedevamo ogni giorno al termine del suo allenamento in un campo all'aperto fuori dell'arena. Cominciammo con un un passo indietro rispetto al canestro. Doveva metterne 10 consecutivi facendo solo swish. Lo swish è il rumore della palla che entra nel canestro toccando solo la retina. Non ci riusciva quindi cominciammo a lavorare sui piedi. Può sembrare contro intuitivo che per fare canestro, con la palla gestita dalle mani, si debba partire dalla posizione dei piedi. Ma il tiro è una questione di equilibrio e l'equilibrio parte da come stai bene in terra. Così lei, mancina, doveva avere il tallone del sinistro all'altezza della punta del destro. Pieghi le gambe e finisci in punta di piedi con l'indice della mano che lasciata la palla punta verso il canestro. Poi decidemmo un rito. Prima di tirare tre palleggi, poi un respiro profondo con la palle nelle due mani, gli occhi guardano il canestro e tiro. Ci volle qualche giorno, ma poi i dieci swish arrivarono con grande soddisfazione e gli high five furono un tutt'uno con i sorrisi da orecchio ad orecchio. Ci allontanammo di due passi e di nuovo lavorammo per dieci canestri toccando solo la retina. Ci volle che un po' di più ma poi ancora i denti bianchi di giorni e settimane di apparecchio, brillarono sotto il sole che ormai era basso all'orizzonte. Poi ancora due, e due ancora indietro, fino a che giungemmo alla linea della carità. Decisi di abbassare il numero degli swish a cinque. Intanto la squadra va avanti in campionato. Si qualifica per i play off. Vince facile i quarti tre partite a zero. Vince le semifinali ed arriva alle finali contro le Bulleen Melbourne. Dopo quattro partite siamo 2 pari e si deve giocare l'ultima partita. Io e Narelle, forse anche per mantenere quel rito che sembra portare fortuna, continuiamo ogni pomeriggio con le nostre prove, ma dopo molti giorni i cinque canestri puliti dalla linea non arrivano nonostante le sue percentuali siano aumentate. Va bene, la squadra vince.

Il primo tempo della finale scorre liscio, il punteggio equilibrato. Io sono seduto in tribuna, non a bordo campo dove invece mi avevano invitato. Sono un po' emozionato perché mi pare di aver contribuito in qualche modo. Le Capitals vanno sotto di quattro punti, poi di sette e il tempo scorre. Il coach sa come motivare le ragazze, l'ho visto fare un ottimo lavoro durante tutto il campionato e quando chiama il suo timeout a poco meno di quattro minuti dalla fine, spero abbia toccato le corde giuste. La squadra si riprende e recupera un punto ogni minuto. Poi siamo a meno uno, 35 secondi da giocare e palla a loro. Fanno un gioco che chissà quante volte le Capitals hanno visto al video tape. Al palla arriva al post, finta verso l'interno poi si gira sulla linea di fondo e con la spalla a proteggere la mano con la palla parte un gancio alla Kareem Abdul Jabbar. Ma c'è fallo. La palla esce e vanno loro a tirare dalla lunetta. Il primo è dentro, meno due. Il secondo è pesante quanto sanno esserlo le responsabilità e si schianta sul primo ferro e il rimbalzo è nostro. Il play chiama il gioco con la mano alta sopra la testa e le dita che indicano il tre. Vuol dire che la palla finirà a Narelle per un tiro da tre e tentare la vittoria, non si va per il pareggio ed i tempi supplementari. Mancano sette, sei, cinque, quattro secondi, la palla c'è l'ha lei. Le altre lo sanno che quel tiro da tre è la sua specialità. In due in difesa si precipitano, si scontrano e finiscono per andarle contro mette lei ha portato la palla sopra la testa per il tiro. Si sente il fischio dell'arbitro, il pugno in alto, poi decreta la sanzione, sono 3 tiri liberi. Narelle va verso il punto designato. Non mi cerca, non mi guarda, tanto è concentrata. Io vorrei correre in campo e dirle di non pensare a niente, di escludere il rumore della folla, di pensare a come siamo quando stiamo sul campo all'aperto fuori dall'AIS.

Tira il primo. Swish. Il rumore si fa assordante. Tira il secondo. Swish. Sugli spalti le persone impazziscono di gioia. La partita è pari e Narelle sta per avere in mano la palla per vincere il campionato. L'arbitro gliela passa. Immediatamente il rumore cessa. Sono tutti in silenzio per vedere quell'ultimo tiro. Io chiudo gli occhi allora. Voglio sentire solo il rumore. La palla batte sul parquet la prima volta. Poi anche la seconda. Alla terza ho il cuore letteralmente in gola. Un secondo, quello in cui so che lei sta facendo il suo respiro e guarda verso l'obiettivo. Sembra un lustro. Poi sento la palla che sbatte contro il ferro e allora apro gli occhi per capire cosa stia succedendo. Mi accorgo che però il pubblico è ancora con il fiato tirato a guardare quella palla che è rimbalzata in su. Eppoi scende. Ed entra.

La partita non è finita, mancano ancora due secondi. Siamo avanti di uno ma le Bulleen possono sempre tentare un buzzer beater, il tiro a fil di sirena dopo una rimessa veloce da fondocampo. Ma non ne hanno la forza. Quando suona la sirena dal soffitto scendono milioni di coriandoli colorati, la banda suona e la gente sembra impazzita. Io sto tremando, sono riuscito a risedermi al mio posto sul seggiolino di plastica ancorato sul cemento. Narelle è stata presa di peso dalle sue compagne e la stanno lanciando in aria. Lei non so che faccia, non riesco a vederla in faccia, forse ride, forse piange. Io dopo un momento o due mi avvio verso l'uscita dell'impianto, c'è poca gente, sono rimasti tutti dentro a festeggiare. Non ho l'auto, non l'ho mai avuta per tutto il tempo che sono stato a Canberra, mi sono sempre mosso a piedi. Dalla Ais Arena a Belconenn ad Acton dove c'è il mio alloggio ci sono poco più di 7 km, che ho fatto all'andata e ma non rifarò al ritorno. Ho bisogno di tempo per me ed i miei pensieri. Si passa dal parco della Black Mountain, insomma Monte Nero, e un po' di sembra di stare a casa. Sulla cima del monte c'è la Telstra Tower, come l'hanno appena ribattezzata, ma tutti qui la chiamano The Syringe per la sua forma. Decido di passare dal percorso lungo, quello da 10 km, che gira da dietro il monte e costeggia il lago Burley Griffin che divide in due la città. In quel tempo ripenso a tutto quello che ho dedicato a studiare il gioco, le tecniche, i movimenti. Per me che non ho praticamente mai giocato a questo sport sono stati davvero anni intensi, perché volevo davvero risultare bravo. Le mie squadre, qualsiasi categoria abbia allenato, non hanno mai avuto grandi risultati. Sì, un paio di promozioni in campionati poco più che amatoriali, qualche ragazzo da me allenato nelle giovanili chiamato da squadre dai nomi più importanti, ma niente più. Non so se questa volta mi debba sentire in qualche modo appagato o cosa. In fondo la palla dentro la mette chi gioca, non tu dalla panchina. Ripenso alle centinaia di partite viste al video tape, ho fatto un abbonamento ad un servizio americano che ogni settimana ma manda una cassetta con due partite dei college americani, dove si gioca la pallacanestro che più mi piace. Ripenso ai cento libri, forse più che riempiono per intero una delle librerie che ho a casa. C'è anche "Coaching girl basketball successfully" a cui oggi fare un altare. È lì che ho imparato la progressione che poi ho insegnato a questa mia inaspettata allieva.

Dopo due ore di girovagare, quando arrivo a casa, non so cosa sperassi. Entro nell'androne del dormitorio dove ho la mia stanza. Monto la scala che porta al primo piano. La mia vicina mi vede e mi saluta. "Che bella partita" dice. Abbiamo parlato a volte volte in questi mesi incontrandoci nel corridoio con la cesta dei panni in mano, e sa della mia passione per il basket, immagino che fosse lì a vedere la partita, probabilmente alla TV. Quando arrivo nei pressi della mia porta in red mallee, una specie di eucalipto tipico della zona, di cui sono fatte le porte di tutti gli edifici di quella parte del campus universitario, vedo che c'è qualcosa attaccato sopra con lo scotch. È una rosa rosa e c'è un biglietto. Narelle lo sa che mi piacciono i fiori e chi non vorrebbe riceverli? È un nasturzio giallo e profuma di miele. Nel biglietto ci sono le sue parole che non dimenticherò mai. Il suo biglietto è ancora oggi nel primo cassetto della mia scrivania nello studio dove lavoro. Quando l'altro giorno l'ho riaperto e l'ho preso in mano, mi è venuta in mente questa storia e l'ho raccontata come mi è riuscito. Ho letto le sue parole e le ho sentite rimbombare con la sua voce "Stupid! You had to be with us. xxx N.".

Nel 1993 il mondo non era quello di oggi. Non c'era, per esempio, il cellulare per tutti e se non avevi il telefono fisso farsi trovare poteva diventare un'impresa. Tra l'altro non c'era mai stato motivo di scambiarci i numeri con Narelle, tanto ci vedevamo ogni giorno alla stessa ora è nello stesso posto, ma pensavo non c'è n'è fosse più bisogno. Con la stagione finita le Capitals non si sarebbero allenate ed io non volevo andare all'Australian Institute of Sport per vederlo vuoto. I piedi mi diressero a sud del lago, nella parte della città con le ambasciate ed il parlamento. Quello era un edificio in qualche modo strano. Progettato da un architetto italiano che quando aveva visto il bando ed aveva letto che il parlamento avrebbe dovuto essere parte integrante dell'Australia, lui aveva pensato di costruirlo dentro una collina, e non sopra, che più dentro al Paese di così non ci può stare. Ed aveva vinto il concorso internazionale con quell'idea.

Quando uscii dal laboratorio il giorno dopo ancora però i miei piedi presero a fare la strada che erano abituati a fare, su per le piste ciclabili che costeggiano ogni arteria che unisce la città da sud a nord e viceversa e non incrociano mai la strada in modo da non avere il pericolo di essere investiti. Le piste sono piene di cavalcavia o di sottopassi per permetterti di non dover mai attraversare una strada trafficata.

Arrivai così al nostro campo, il Belconnen Outdoor basketball court, in mezzo ai campi da tennis e quelli da pallamano. Lei era lì, vestita in borghese, jeans scoloriti, una maglietta celebrativa del titolo appena vinto, e con in mano la palla. Quando mi vide fece un sorriso da orecchio ad orecchio e mi venne incontro camminando con un passo ciondolante. Speravo tu venissi, mi disse, non volevo invadere i tuoi spazi al campus. Fu un pomeriggio intenso, parlando di quei secondi che lei ricordava bene ed io altrettanto. Sapendo che mi piaceva camminare lei si unì a me ed arrivammo al centro commerciale. C'era una gelateria in mezzo alla corte centrale di quel mall, gestita da italiani. Loro li avevo conosciuti uno dei primi giorni che stavo lì. Quando riconobbero in me un italiano venuto di recente dalla Patria, il marito della coppia mi aveva chiesto subito come stesse andando quell'anno la Roma in campionato. Quell'anno poi avrebbe vinto il Milan e la Roma avrebbe fatto un campionato anodino e peggiore della Lazio. Avevano dei gusti strani da mettere nei coni. Io presi il Chocolate Extasy e Narelle si mise a ridere quando me lo sentì nominare con tutte le allusioni che implicava, ma si fece convincere a provarlo. Era uno squisito cioccolato fondente, quasi al livello di quello che mangiavo a casa. Doveva essere una novità per lei, abituata ai gelati industriali e non ancora avvezza al gusto sul palato di quella morbida crema che si scioglieva in bocca.

KANG

Eravamo seduti ad un tavolino di alluminio con disegnato al centro il Colosseo, Io avevo il braccio appoggiato sopra con la mano penzolante dalla sua parte. Mi prese l'ultima falange del dito medio con le sue dite.

Perché non sei venuto domenica sera? Avrei voluto abbracciarti.

Facciamolo ora.

Ma non è la stessa cosa.

Quindi ho fatto bene a starmene da me.

Mi guardò interrogativa.

Qualche anno fa in Italia fu di nuovo permesso di proiettare al cinema il film di Bernardo Bertolucci Ultimo Tango a Parigi. Lo hai visto? Nel '76 la censura in Italia lo condannò al rogo, non sto scherzando, quasi fossimo nel medio evo con le streghe. Grazie a qualcuno che non rispettò la legge, quando il film fu riabilitato lo andai a vedere con un'amica, incuriosito da tanto scalpore. Il film ci prese molto. Cominciammo a baciarci ed a toccarci al buoi in sala e quando uscimmo ed andammo a casa sua facemmo sesso. Ma capii presto che lei voleva farlo con Marlon Brando ed io ero solo uno stupido ripiego. Ecco, quando ricevo un abbraccio lo vorrei lo vorrei perché sono io e non per le circostanze, per questo ho preferito che quella festa non mi confondesse le idee.

Siamo rimasti amici, anche se non ci siamo più visti tutti i giorni. Adesso lei fa la commentatrice delle partite sulla ABC, il primo canale australiano. Una volta mi ha mandato una lettera, perché siamo ancora vecchio stampo, e mi ha detto che il giornalista che raccontava una partita con lei accanto le ha chiesto se ricordasse i tre liberi della finale del '93. Io li ricordo come fosse ieri, è stata la sua risposta, anche se di quell'evento le manca un po' qualcosa. Mi ha detto che le manca non avermi dato quell'abbraccio.

GIUSEPPE

Sono cresciuto in mezzo agli animali. Nonno Giuseppe aveva una fattoria a Nugola, non lontano dalla città. Ci passavo sempre tutta l'estate. Appena finita la scuola, che finiva sempre intorno al 10 giugno, giorno del mio compleanno, facevo la valigia e mi trasferivo lì. La cosa che la scuola finisse proprio quel giorno me lo faceva sembrare un gran regalo, regalo che però avevano anche i miei compagni e non mi spiegavo bene il perché. Io non ne ricevevo il 5 maggio o l'8 ottobre.

Dai nonni abitava anche la zia Mery, mai saputo se nel nome scritto ci fosse una a, lo zio Luciano e le mie due cugine, Manuela e Laura. Erano più grandi di me di una decina d'anni. Quando ero lì univamo i due letti in cui dormivano nella loro stanza per farne uno grande e io dormivo in mezzo. Era troppo piccolo per qualunque tipo di malizia, ma le loro tette grandi, sotto il lenzuolo leggero, mi piacevano. Spesso la mattina si lamentavano del fatto che avessi digrignato i denti tutta la notte. Ma non ci potevo fare niente, era involontario. Così mi comprarono un bite e la notte mordevo quello.

Gli animali erano tanti. Le mucche, i maiali, le galline, i conigli e le oche. A volte nonno andava alla conigliera, ne prendeva uno per le orecchie e lo tirava fuori. Lo girava a testa in giù prendendolo con la sinistra per le zampe. Poi con la destra, che impugnava un coltello affilato come un bisturi, zac, tagliava le gola ed il sangue usciva a fiotti. Così la carne rimane bella bianca. Nonna lo cucinò in umido, con le olive nere. Un sapore che, se ci fosse stata al tempo, le avrebbe fatto vincere la finale di Master Chef.

Una volta venne Gualtiero, il fidanzato di una delle mie cugine. C'era da cucinare un'oca. Lui che aveva visto tante volte tirare il collo alle galline, si offrì per farlo con quest'altura bestia. Prese un manico di scopa, ci mise sotto il collo della bestia e tiro in su il corpo. Si sentì distintamente il chioch. Lui si spaventò, che quasi sveniva, e l'oca prese a correre per l'aia strusciando la testa in terra ormai disarticolata. Ci volle un colpo d'accetta per farla smettere di correre. Qualcuno tentò di buttarla a ridere, ma molti di quella vicenda rimasero impressionati.

Poi ci fu la volta in cui c'era da prendere il maialino da latte per cuocerlo allo spiedo. Quando lo andarono a prendere, chiamandolo con tanti vezzi, lui capì qualcosa. Cominciò a gridare. Le urla io le giudicai strazianti. Mi ricordai di quell'articolo sul film il silenzio degli innocenti, che nel titolo originale era The Silence of the Lambs, il silenzio degli agnelli. Capii che il maiale stava facendo quei versi lì, consapevole, nonostante avesse solo un mese, che stava andando incontro alla morte. Sentii un colpo di pistola e le grida cessare. Almeno avevano evitato quel rito macabro che prevede di frantumargli il cranio. Da quel giorno non ho più toccato un pezzo di carne.

LA RIVINCITA

Ci sono stati due momenti importanti nella mia vita, due momenti di grande delusione nei quali ho ricevuto dei violenti schiaffi.

Il primo lo ricevetti dal professore di catalisi al terzo anno del mio percorso universitario. Non avevo capito un gran che di quel corso, tutto mi sembrava molto mnemonico e poco di concetto. Durante l'esame mi resi conto di non essere brillante, ma lui mi disse se riuscivo ad ascoltarmi quando parlavo, se riuscivo a sentire che le mie frasi erano costruite male e non si capiva un'acca, ma lui disse una parola con un'altra doppia in fondo all'alfabeto, che mi percosse come un randello.

Il secondo l'ho ricevuto dopo due anni di lavoro presso la prima azienda con la quale entrai in contatto, quando non mi fu rinnovato il contratto. Il titolare mi disse che, secondo lui, ma era certo che le cose fossero proprio così, me lo diceva dall'alto della sua esperienza di ex conduttore di una multinazionale, secondi lui io non ero fatto per quel lavoro, non avrei mai potuto fare il professionista in un campo così delicato come il nostro.

Nelle settimane dopo quel licenziamento, non sapevo esattamente cosa fare, ma non volli scoraggiarmi. Così trovai un annuncio su un piccolo giornale, che una piccola azienda cercava agenti. Io non sapevo neppure cosa fosse un agente, ma mi presentai. Mi trovai così a vendere, non proprio porta a porta ma quasi, macchine del caffè della Lavazza, le prime a cialde che arrivavano sul mercato, materassi in schiuma di l'attrice e depuratori sottolavello per l'acqua di casa da usare al posto di quella in bottiglia. Mi insegnarono alcuni trucchi commerciali, io ci misi del mio e le mie conoscenze chimiche mi aiutarono grandemente. Dopo poco tempo diventai l'agente che aveva venduto più depuratori di tutto il gruppo. In un mese ne avevo venduti più di tutti gli altri messi insieme. Così il grande capo dell'azienda mi volle incontrare. Ci vedemmo, con gli altri colleghi, alla riunione settimanale e lui volle che facessi una di quelle presentazioni con le quali vendevo così bene il prodotto. Al termine gli altri mi guardavano stupiti e il capo disse "da oggi tu smetti di vendere questo aggeggio e giri con me l'Italia per insegnare agli altri come si fa questa cosa. Bravo".

Avevo fatto tesoro del rimprovero del mio prof di catalisi, e prima di cominciare quel lavoro e quelle presentazioni, mi ero messo allo specchio, acceso la telecamera e mi ero riascoltato una, dieci, cinquanta volte per capire come essere convincente, come migliorare il mio modo di parlare. Credo di aver fatto un buon lavoro se ancora oggi, quando faccio il docente ai corsi, spesso le persone si complimentano con me per la chiarezza, anche se non sempre vanno bene. Siamo umani.

Dopo un po' trovai di nuovo un posto da chimico davvero, in un laboratorio, poi in un'azienda di smaltimento di rifiuti, poi in uno studio professionale, fino a quando non ho aperto uno studio tutto mio. Dopo un po' che avevo aperto e cominciavo ad essere conosciuto sul mercato, mi chiamò il capo di quell'azienda dalla quale ero stato licenziato.

- Ho visto che ti stai muovendo bene, a volte incrociamo i tuoi lavori che, devo dire, sono fatti bene. Avrei da farti una proposta. Porta da noi tutti i tuoi clienti, noi ti garantiamo tutto il fatturato che hai fatto l'anno scorso più un aumento del 25 percento.

Ci devo pensare, gli risposi, ma in realtà non c'è n'era bisogno. L'anno prossimo farò 25 anni di attività tutta mia.

STRANIERO

Quando misi piede nel Paese, ero sicuro di non conoscere una sillaba della lingua che parlavano le persone che abitavano lì. Ero partito il 6 gennaio, e sapevo che quel viaggio si sarebbe rilevato le epifania. Avevo con me un sacco dentro il quale avevo messo tutto quello che potevo. Dopo quel viaggio che sembrava non finire mai avevo voglia di un posto dove riposarmi, dove lavarmi. Non avevo fame, forse solo un po' di appetito. Mia madre la sera prima di partire mi aveva preparato tutto quello che più mi piaceva e me ne aveva dato a volontà. Quando ci salutammo vedevo che voleva piangere, insicura sul quando e soprattutto se ci saremmo rivisti. Non lo fece per non darmi un dispiacere. Sarebbe voluta venire con me, lo so, ma non poteva lasciare soli le mie sorelle ed i miei fratelli piccoli.

Avevo vagato per quella città ignota alla ricerca di un rifugio, attento a non scoprire il possesso di quei soldi che sapevo essere pochi per quel posto lì, ma non mi sarei ridotto a dormire per strada. Per la gente che incrociavo ero semplicemente invisibile. Non sapevano chi fossi né cosa fossi lì a fare, se fossi un musicista o un minatore, un professore universitario o un assassino pronto a farsi reclutare per commettere i più efferati crimini. Forse qualcuno mi guardò distrattamente storto. I miei vestiti erano diversi dai loro, così come i miei capelli, la mia barba, i segni che si vedevano sul collo sbucare da sotto la maglia scura.

Finii in una grande camerata, arredata con letti a castello in ferro battuto di colore che forse potrei chiamare giallo. Era vuota, io l'unico occupante. Dal soffitto pendevano fili elettrici senza paralume e luci bianche forti come nelle corsie degli ospedali. Non trovai un interruttore, ma ero stanco, troppo che non chiudevo occhio e presto mi addormentai.

L'indomani, fresco e profumato, come ci voleva nei giorni delle grandi occasioni, mi vestii con una camicia stazzonata uscita dalla sacca ma la cravatta. Pareva di Missoni con i suoi cento colori mescolati. Le scarpe erano pulite. Me l'aveva insegnato mio nonno ad averne cura. Lui, per non consumarne la suola, camminava sempre ai bordi delle strade, nel posto in cui abitavamo, sull'erba. Dava delle gran sberle ai figli se appena entravano in casa non si mettevano a lucidarle ogni sera, quando quella era ritenuta educazione.

Mi presentai in un ufficio anòdino, con una scrivania sbeccata su tutti i lati, il piano coperto da un vetro su cui risaltavano ditate unte. Tra il piano e la lastra erano incastrate in modo disordinato foto a colori un po' sbiadite di una famiglia per bene, quella del padrone, della scrivania non della baracca. Stranamente capivo la sua lingua.

- Belle scarpe! - esordì - Cosa sai fare?
- So raccontare storie.
- Storie? E di che tipo?
- Storie che mi invento.
- E perché qualcuno le vorrebbe ascoltare?
- Perché le persone amano farsi gli affari degli altri ed io glieli racconto. Che siano vere o false poco importa. Piace essere nelle scarpe degli altri, provare le loro emozioni, vivere vite nuove, percorrere strade sconosciute per ricordarsi chi si è e cosa si potrebbe essere.
- Bene. Perché intanto non cominci con una? Così mi faccio un po' l'idea.

Cominciai a raccontare che quando misi piede in un paese, e ero sicuro di non conoscere una sillaba della lingua che parlavano le persone che ci abitavano.

CHET

Basta, ho deciso. Smetto di occuparmi della chimica e mi metto a studiare il sax. Quando entro in una stanza vuota e il riverbero me ne fa valutare il volume, con la bocca imito il suo suono e attacco un pezzo di Coltrane. In questo momento ce l'ho in testa e potrei scriverne lo spartito, ma a chi la musica non la legge non direbbero un bel niente quei pallini e gli strani segni sulle righe in chiave di sol.

Mettermi a suonare il sax è il suggerimento che mi ha dato il maestro di musica dei miei figli. Una studia la chitarra, l'altro il piano. Mi ha detto, vi manca uno strumento a fiato in casa e completerai così il terzetto.

Se dico The Weeknd gli amici della mia età sospetteranno che il mio filo anglicismo sia tornato a proporsi in maniera improvvida per annunciare l'arrivo del fine settimana. Ma se lo dico ai miei conoscenti di vent'anni l'aggiunta di quel "the" fa subito capire loro che parlo di musica e di uno degli ultimi cantati in testa alle chart che quelli della mia età si ostinano a chiamare hit parade. Emy lo ricorda, sono sicuro. Una volta, avremmo avuto poco più di trent'anni, camminando in un sentiero di montagna io dissi, ricordando i miei trascorsi da d.j., cantiamo una canzone dei nostri giorni ed attaccai "Attenti al lupo" che era la canzone del momento nonostante la nostra gioventù fosse passata già da un po', a trent'anni. Quindi oggi attaccherei la canzone di Abel Tesfaye, in arte The Weeknd, senza la e, che era già presa da un altro gruppo. Non riesco a sentire la mia faccia quando sto con te, dice in un pezzo di qualche anno fa.

Da quella volta ci penso spesso a quale sia la musica dei miei tempi. La musica dei miei tempi è My funny Valentine di Chet Baker, Hey Jude dei Beatles, Dancing with the moonlight knight dei Genesis di Selling England by the pound, We belong together di Rickie Lee Jones, Moby ha quasi la mia età, ma anche Black Eyed Peas, Florence + The Machine, Taylor Swift o l'ultima, Billie Eilish, ne vado pazzo. Io sono qui, ora, e vivo anche grazie alle gioie che la musica mi dà, anche quella di oggi, perché oggi è ancora il mio tempo.

Sarebbe bello poterla anche suonare, la musica, magari al sax.

VIRGINIA

Sul mare, con me, alle sei e mezzo di mattina ci sono un ragazzo giovane, senza capelli e una folta barba nera che sta pescando con la canna, un ragazzo africano seduto con la schiena appoggiata ad un palo dove qualcuno tra un po' isserà una bandiera, un uomo, di almeno settant'anni, con gli addominali scolpiti che ha appena finito cinquanta piegamenti sulle braccia. Più lontana una coppia di anziani che ha già piantato l'ombrellone. E c'è il mare, le onde non tanto alte. Fanno il rumore che ti aspetti dal mare d'inverno. Oggi però è il 15 di agosto.

Il cielo è limpido. Non c'è una nuvola. La striscia di vapore che si vede alla zenit è il ricordo di un aereo appena passato. Eppure ieri tutti pronosticavano che oggi avrebbe piovuto. È che da quando tutti hanno queste app sugli smartphone si sentono investiti del grado di Colonnello e come Sottocorona dispensano le previsioni dal loro canale condominiale. C'è il 50% di probabilità che piova, dicono. Ma questo lo sapevo anch'io senza far ricorso al telefono intelligente: o piove oppure no.

Che poi tanto intelligenti questi telefoni non mi sembrano. Il mio sta lì, come un mattone, accanto alle mie scarpe lasciate sulla sabbia, in attesa di uno squillo. Nonostante lo guardi dopo ogni momento, rimane muto ad allontanare la mia speranza. Forse è ancora presto. Forse non arriverà mai.

Lentamente il lembo di terra tra la strada e il bagnasciuga si è affollato. È arrivata anche la mia vicina con i figli. Abitiamo a cinque chilometri da qui, in linea d'aria, e dei dieci chilometri di sabbia a disposizione, entrambi abbiamo scelto questo, che è il più vicino. Io perché sono infingardo, lei non so.

È una lettrice che definirei maniaco compulsiva. Non le ho mai visto in mano due volte lo stesso libro. Un paio di volte al mese un corriere le recapita uno scatolone pieni di carta inchiostrata. Mi capita di spiarla dal balcone e la sento ridere e piangere subito dopo, solo come i bei libri di amore, di avventura e quelli gialli sanno fare. La figlia più grande, mi ha raccontato una volta, avrebbe voluta chiamarla Orlando, in onore di Virginia Wolf; ma l'ufficiale dell'anagrafe non sentì ragioni, non si poteva dare un nome da uomo ad una donna, come se non ci fossero tante Andrea. Così Orlando, finì per chiamarci il suo cane. Il figlio, più piccolo, si chiama Linus, con la i pronunciata all'inglese, in onore di un secchione finlandese che ha inventato una roba per computer che si chiama, con poca fantasia, Linux.

Il marito non l'ho mai visto. È uno di qui tizi tutto dietro alla carriera, che ambisce a posizioni sempre più prestigiose e chi se ne importa se la famiglia rimane indietro: in fondo fanno la bella vita grazie al suo impegno.

C'è anche una coppia, probabilmente giovani sposi, che attira la mia attenzione. Lui alto e allampanato, con una scontata schiena curva, dovuta forse al dover stare con il capo chinato verso di lei per poterla ascoltare. Piccola con i fianchi larghi ed una voce flebile, che qualcuno aveva soprannominato nana, altri culona, perché quando non si sa come interpretare la ritrosia a mostrarsi facili alle nuove amicizie, a volte le persone reagiscono in modo meschino. Ha però un sorriso e dei capelli che non è difficile capire come avesse fatto a farlo innamorare. La ricopriva di attenzioni, le spiegava l'asciugamano, la ungeva con la crema solare, le apriva una bibita evidentemente fresca presa da dentro un contenitore da picnic termoisolato di colore verde. Forse un'attenzione perniciosa.

Il telefono vibra. È mia madre.

Ci sono giorni, come questo, in cui i pensieri ti portano altrove e cerchi un alibi per non incontrare nessuno. Vai per la città prendendo le vie secondarie, i vicoli, passeresti dentro i portoni per non essere visto, per rimanere nascosto, il solo incrociare da lontano qualcuno che conosci ti mette addosso un'inquietudine che vorresti non essere uscito di casa. Allora cambi direzione, ritorni sui tuoi passi, modifichi la destinazione perché non vuoi vedere nessuno con il quale saresti costretto a scambiare due parole, solo di circostanza. Al telefono no, quando il telefono suona ti senti costretto a rispondere, maledetti telefonini, non puoi cambiare posto. Io invece oggi sono altrove, non starò al suo serraglio. La telefonata che aspetto è un'altra e non voglio che trovi la linea occupata. Quindi non lascio suonare ma rifiuto la chiamata. Passa un minuto, forse meno, ed arriva un messaggio. Ti voglio bene. C'è scritto. Anch'io te ne voglio, anche se oggi va così.

Ormai è l'ora di pranzo. Ci sono quelli che a 5 all'una hanno i crampi della fame che mangerebbero i vicini, se non fosse sconveniente. Allora si risolvono a riversarsi, tutti insieme, superando la sofferenza del ritrovarsi a due centimetri dall'altro anche se sono stati attenti a mettere l'asciugamano a due metri di distanza, pur di stare in fila davanti all'unico bar del posto che prepara i panini la sera prima o scalda un primo piatto surgelato. Poco lontano, il Municipio ha concesso una nuova licenza al figlio di un ex consigliere comunale per aprire un chiosco che venderà polpo lesso e totani fritti, ma non è ancora pronto e bisogna accontentarsi. Certo che, se aspetta ancora, aprirà per la prossima stagione. Io sono come quelli, se alla mia ora non mangio divento cattivo e non volendo stare in fila e non sopportando gli odori delle ascelle sudate, il panino me lo sono portato da casa: pane integrale, salsa guacamole, pomodoro e un finto affettato di germe di grano. Quando racconto cosa mangio di solito gli amici hanno un moto di compassione, ma visto che non sono deperito rispondono de gustibus...

Gli schiamazzi dei bimbi che giocano con la palla, i racchettoni, le biglie di plastica, il volano, si sono fatti meno concitati. Là, verso il promontorio, stanno uscendo i bimbi della scuola di vela, tutti concentrati nella loro andatura in fila. Arriverà il segnale al largo? Potrei provare ad andarci anch'io, magari prendendo un pedalò. Oppure potrei tornare a casa, adesso non so più neppure perché sono venuto qui stamani. Mi sembrava una buona idea per isolarmi dal mondo quando non c'era nessuno. Ora non ha più senso, il mondo mi ha seguito e non sono riuscito a lasciarlo fuori.

Torno a casa a piedi. Camminare non mi ha mai spaventato, neppure da piccolo. Ci metterò poco più di un'ora. Mi spaventa solo il tratto da fare dentro al bosco dove non so se ci sarà campo. So però che durante questa passeggiata avrò il tempo per riflettere, come faccio sempre. Le migliori idee che ho, soprattutto le soluzioni per i problemi che mi presentano i clienti, mi vengono quando cammino e mai alla scrivania. A volte mi aiuta parlarne con qualcuno, ma il germe nasce sempre durante una camminata solitaria. Per questo sono venuto ad abitare in questo posto. Un'ora a piedi dal mare è il tempo giusto che mi serve.

Subito fuori dal bosco inizia un cammino che costeggia un vecchio acquedotto, meta dei podisti della zona. È curioso come molti ritangano sia di epoca romana, anche se si chiama mediceo. Avrebbe dovuto essere molto caldo ed oggi è un giorno di festa. Invece da stamani il cielo è cambiato e si vedono nuvole cariche di pioggia avvicinarsi. Quelle app ci stanno per azzeccare, i novelli meteorologi saranno soddisfatti.

Ecco, ora piove ed io avrò fatto nemmeno un quarto della strada che mi separa da casa. Ma camminare sotto la pioggia non mi dispiace. Tra poco si sentirà l'odore del petricore, quando le gocce d'acqua rimbalzando sulla terra libereranno le molecole odorose che si sono accumulate nei periodi di siccità.

Sta venendo forte, i vestiti leggeri che ho indosso sono già completamente zuppi. Si avvicina un'auto che rallenta, penso per non schizzarmi. È la mia vicina, accosta, si ferma, apre il finestrino e mi chiede se voglio un passaggio. Grazie, ma ormai sono bagnato e non vorrei mai sporcare la sua auto nuova. Cerca di insistere ma non mi lascio convincere. Riparte con l'aria delusa e compassionevole.

Più avanti ci sono due cani, credo randagi, che girano e saltano intorno ad un cestino dei rifiuti senza arrivare a prenderne il contenuto. Faccio finta di non vederli ma loro vedono me. Lasciano perdere il cestino e mi corrono incontro. Mi pare abbiano intenzioni non simpaticissime. Cerco di farmi grosso, allargo le braccia e urlo via. Il più grosso non sembra per niente impaurito, mi viene vicino abbaiando minaccioso e mostrandomi i suoi canini. Urlo ancora, faccio due passi nella loro direzione battendo forte i piedi. Loro indietreggiano ma poi si riavvicinano. L'idea di dar loro dei calci mi balena in testa, ma per me che mangio il germe di grano invece che una coscia di porco sarebbe una sconfitta. Ci guardiamo, ci sfidiamo, poi, non so come, la loro attenzione è attirata da altro e se ne vanno lasciandomi madido di sudore sotto la pioggia, con il cuore che batte a 180 e fermo per vedere se se ne sono davvero andati.

Tre ore. Mi ci sono volute tre ore per tornare a casa. Non ho riflettuto molto. Stavo attento a dove mettere i piedi, guardavo il colore della collina dietro, la punta degli alberi che non attirava alcun fulmine. Ho visto i cavalli immobili nel recinto e le auto parcheggiate fuori dal LeClerc lavarsi di dosso la stanchezza della giornata. Guardavo il gruppo di case dov'è la mia da lontano come quando a piedi ho percorso un giorno il ponte che porta a Venezia dal Parco San Giuliano. La vedi lì ma sembra non arrivare mai, che il mare da attraversare sia sterminatamente ampio.

Avrei voluto spogliarmi completamente fuori per non bagnare dentro invece l'ho fatto solo dopo aver superato la soglia ed aver chiuso la porta. In quel momento mi sono chiesto se ciò che mi separava da quanto desideravo non fosse affogato. L'ho tirato fuori dalla tasca e le sue cinque tacche mi hanno tranquillizzato. Tanto valeva portarselo nella doccia.

Il telefono vibra. Vibra perché non mi piacciono le suonerie, mi pare che invadano lo spazio altrui. È una questione di prossemica. Lo odio quando sono sul treno per Roma e tutti si sentono autorizzati a parlare ad alta voce ai loro apparecchi ed a far sapere agli altri gli affari propri e di quanto sono bravi, e il sottosegretario di qui e l'onorevole di là, l'amministratore delegato ed il project manager. Allora il mio sta sempre e solo sulla vibrazione. A volte perdo qualche chiamata, ma è come quando prendo un vicolo secondario, alla fine comunque arrivo dove voglio arrivare. Vibra. Richiamerò io. Domani, forse. Ci fosse qualcosa che mi picchiettasse sulla spalla e mi dicesse ehi guarda che c'è qualcuno che ti chiama forse lo prenderei, sempre sentendomi libero di rispondere o meno. E in questo momento sarebbe proprio utile, perché aspetto, aspetto ancora e non mi posso allontanare da questo smart-aggeggio per paura di non arrivare in tempo.

Per cena ho preparato burger di quinoa con cipollotto fresco e maggiorana e verdure stufate che ho consumato sul balcone. Dal piano di sotto arrivano i litigi dei fratelli per cose che non ho capito, cose di fratelli. Orlando abbaia. Mi fa tornare in mente Tilda Swinton che mi pare abbia assorbito da quell'interpretazione la capacità di non cambiare età. Ha tre anni più di me e mi sembra ancora bellissima.

Per la serata penso che finirò di leggere Parti in fretta e non tornare di Fred Vargas e la sua storia sulla peste a Parigi del 2001 nella versione originale francese. Mancano un paio d'ore ai fuochi di artificio e ormai non chiamerà più.

Leggo, rapito, di un banditore in una piazza di Parigi e di un cast di personaggi improbabili quanto sono veri.

Invece il telefono vibra. Riconosco il numero anche se non l'ho mai memorizzato per scaramanzia. Il battito cardiaco non è aumentato, quasi non sentissi la trepidazione accentuata dall'attesa. Lo prendo, aspetto che vibri una volta ancora.

Ciao, sono io.

BABY

La prima volta che mi ha toccata non lo so nemmeno io il perché. Eravamo a tavola, una domenica, avevo cucinato le linguine con i ricci. Eravamo allegri, mi pare, ed io ho fatto una battuta. Lui si è alzato e mai ha dato uno schiaffo. Quando è partito, con le dita aperte, io l'ho guardato negli occhi perché non avevo capito quali fossero le sue intenzioni, ma in quegli occhi c'era collera, anche se non l'avevo mai vista e non sapevo che faccia avesse. In quell'attimo che è trascorso sono sicura che nella sua testa è passato il dubbio se fosse giusto o meno e ha deciso che sì, era quello che meritavo. Quando si è sentito lo schiocco contro la mia guancia ho visto per un secondo la sua soddisfazione, l'affermazione del potere. Poi le sue spalle sono cadute, quasi si fosse reso conto di quello che aveva fatto, la sua bocca ha farfugliato, ma ho capito che recitava. Recitava la parte del pentito. Non so cosa mi sia successo, non volevo, è stato un momento di rabbia, ma tra cento parole pronunciate non solo una volta ha detto scusa, perché non aveva da scusarsi di niente, avrà davvero pensato.

Ne parlo ora, a distanza di chilometri e di anni, che ho la mente lucida, ma sul momento la mia reazione è stata di perdono anche se non me l'aveva chiesto. Di quest'uomo io ricordavo le parole dolci, i trucchi che aveva usato per farsi accorgere di lui, il trasporto che metteva quando mi baciava e la forza che metteva quando mi penetrava e mi piaceva. Ricordo le frasi divertenti che diceva e le risate che ci siamo fatti insieme, a volte fino alle lacrime di un sapore diverso da quelle che ho versato dopo.

La seconda volta è successo mentre preparavo da mangiare e gli ho raccontato che al lavoro, un tizio, mi aveva fatto delle avance. Io avevo risposto al tipo di avere un uomo geloso, non gli conveniva insistere. Lui se l'è presa, la gelosia non c'entra. Se il tizio mi aveva fatto delle avance, io mi ero aspettato che lo chiamasse stronzo, era perché io avevo comportamenti da puttana, come tutte le donne a cui piace farsi scopare. Mi sono risentita e gli ho risposto per le rime. Mi ha dato un calcio, ho sbattuto contro il lavello di cucina. Avevo un coltello in mano con il quale mi sono ferita al palmo. Abbiamo chiamato l'ambulanza, ma è rimasto a casa.

C'è stata una terza, quando mi ha presa per i capelli e mi ha sbattuta a terra, una quarta, quando mi ha spinta contro lo stipite della porta del soggiorno, poi ho smesso di contarle.

Perché non te ne sei andata, mi hanno chiesto? Perché sono una vigliacca ed ho avuto paura. Ogni volta aumentava la violenza, la rabbia nei suoi occhi, ed ho avuto paura che potesse farmi molto male, da non poterlo più raccontare. Non è bastato.

Quando finalmente mi ha raggiunto il coraggio e me ne sono andata, lui mi ha cercata in strada, con gli occhi iniettati di sangue. Non è neppure sceso dalla macchina. Ha dato solo gas.

ELIA

Elia passava metà della sua vita nella più comoda delle beatitudini, e l'altra metà in quello che immaginava potesse essere l'aspetto dell'inferno. Come fosse giunto in quella situazione, francamente, non lo ricordava.

Sapeva soltanto che si svegliava, senza essersi accorto neppure di avere dormito, in delle mattine luminose e odorose di fiori freschi. La giornata era stimolante, i suoi studenti gli sottoponevano quesiti arditi che lui risolveva brillantemente, i colleghi che incontrava al bar o alla mensa all'ora di pranzo parlavano con lui dell'ultimo libro di Yuval Noah Harari, portava i gemelli all'allenamento di pallacanestro e la sera terminava parlando con Serena delle attività della giornata, progettando la vita futura insieme prima di andare nel letto profumato di bucato appena fatto.

Si svegliava immancabilmente da un sonno agitato. L'alito pesante del rognone che non si ricordava di aver mangiato la sera precedente, le urla dei ragazzi che litigavano su chi per primo doveste entrare in bagno. Il lavoro si rilevava monotono, con gli studenti che rimane vano svogliati sui banchi, la testa china forse sul telefonino, i colleghi che andavano di fretta con i loro fascicoli sotto braccio e nessuno che gli rivolgesse la parola. I discorsi erano uguali a loro stessi: aiutateli a casa loro, e le rimostranze nei confronti dei diversi, come se volesse dire qualcosa. Chi incontrava al bar, o alla mensa all'ora di pranzo, parlavano del derby della sera prima, o di un culo che c'era da girarsi a guardare con la bava alla bocca, del governo ladro a che se non pioveva e dei soldi con i quali non si riusciva ad arrivare alla fine del mese. All'allenamento dei gemelli si doveva sopportare il papà di Tomaso che si lamentava del fatto che l'allenatore faceva giocare poco il suo unico figlio.

La vita è modellata con tanti spigoli, si diceva. Aveva capito ormai che, senza nessun apparente motivo, la vita si alternava secondo questa coppia di giornate: una bella e radiosa seguita da un'altra cupa e alienante, cui seguiva una bella, poi una brutta, all'infinito. Quelle luminose lo ripagavano abbondantemente di quelle che da sole non avrebbe potuto sopportare.

Fuori pioveva, come sempre, un giorno o sì e un giorno no. Era entrato nell'androne del palazzo, la portinaia lo aveva apostrofato, stia attento a non sgocciolare tanto con quell'ombrello. Ma lui l'ombrello non ce l'aveva. La sera si era conclusa con Serena che gli aveva detto che era un buono a nulla, che si voleva separare e aveva finito per andare a dormire sul divano. Perché mi vuol lasciare se non ha un altro? Rimuginava. Cosa ho fatto di tanto cattivo da meritarmi questo? Era il suo pensiero. Ieri era contentissima di me ed oggi no? Io non capisco.

Di cosa stesse succedendo alla sua esistenza se ne accorse il giorno che poi scoprì essere notte.

Camminava per strada in Viale dei Giardini, sopra l'asfalto viola. Quante volte si era chiesto se quella strada aveva preso il suo nome dal gioco o se fosse stato il gioco ad ispirarsi a quel posto lì. In fondo era un posto proprio bello e l'asfalto lo rendeva fuori dall'ordinario, tanto che qualcuno lo considerava straordinario. Doveva andare a scuola, la mattina era appena cominciata. Aveva fatto colazione con il latte e fette di pane, burro e marmellata di arance con le scorze. Aveva aperto la finestra. Fuori c'era il sole, il gelsomino nel giardino condominiale spandeva il suo odore intenso. I ragazzi l'avevano salutato con un abbraccio, Serena l'aveva dato un bacio umido sulle labbra appena socchiuse. Forse la sfuriata di ieri sera è passata. Lui le chiese se fosse tutto a posto. Quelle cose che mi hai detto ieri sera, che devo farci? Lei lo guardò interrogativa. Ma di che parli? Ma del fatto che mi vuoi lasciare. Tu sei matto, dai retta a me. Chi mai potrebbe volerti lasciare, sei l'uomo perfetto. Quando uscì di casa la portinaia lo salutò. Non piove più oggi, eh. Il pavimento rimarrà asciutto. Ma che dice sig. Elia? È matto?

Poi, d'improvviso si sentì scuotere, e chiamare. Elia, hai sentito? Il terremoto. Papà, gridava uno dei ragazzi, cosa è successo? Era sul divano, con un pigiama a scacchi ed i calzini ancora indosso. Gli ci volle forse un minuto per capire. Ma, dov'ero prima? Il gelsomino e il sole erano solo un sogno? La mia vita è questa? È quella dove il giorno ininterrottamente piove? Quelle giornate luminose e belle sono solo nella mia testa? La vita vera è invece questa con pioggia e terremoti?

La vita vera era quella che sarebbe dovuta arrivare domani, se qualcuno non l'avesse scosso, se non l'avessero svegliato, anche se lui era convinto di esser stato sempre sveglio. Guardò dalla finestra. Fuori era tutto in piedi, ma il mondo gli era crollato addosso.

Allora scese dal divano, si arrampicò sul davanzale, sì guardò i piedi con i calzini indosso , fece un altro passo e si lasciò cadere. Non ebbe paura durante il volo, certo, sperava, che si trattasse del suo solito sogno, ma che non distingueva. E quando il volo terminò, non si risvegliò più.

MARZIA E LUCA

Oggi è un giorno importante per la mia carriera. Ci sono arrivato preparato. Ho un colloquio con il gran capo, quel Giancazzi, l'avvocato. Sì, lo so che nunb è er nome suo, ma uno che se dà tutte 'ste arie nun pò che chiamasse così, Giancazzi.

Abbiamo fatto un fracco de selezioni: quiz, colloqui, e ora siamo rimasti solo in due, io e quella Marzia, na gran rompicojoni. Lei è un'ingegniera, io ingegnere. No, nun so se s'è capita la differenza. Ingegniera nun se po' popo sentì. Certo nun c'è la stessa differenza tra segretaria e segretario, ma dai, si capisce che se una è un'ingegniera nun vale n'cazzo, armeno rispetto a me.

Che poi come avrà fatto ad arriva fino a qua, lo sa solo iddio. Sicuramente l'avrà data a destra e a manca, nun ce so' cazzi. È anche brutta, ma si sa, nell'arte sfere so 'n pò de bocca bona, basta che ja dai e loro so contenti. Che poi Giancazzi dev'esse pure frocio. Vabbè, che me frega a me? Basta nun me rompa er culo e semo a posto.

L'artre colleghe sue, qualcuna pure bona, so' arivate alla nostra età, alla soglia dei quarant'anni, e c'hanno tutte sti regazzini piccoli, di 2 o 3 anni. E chi te la dà na posizione de responsabilità se devi sta appresso ar pupo, co tutti li mocci e le febbrette. Oggi nun vengo perché er ragazzino c'ha a'febbre, a'gola rossa, er cagotto. e chi s'a pija una così in un posto de responsabbilità come questo. Ma questa Marzia è stata furba. Lei er regazzino l'ha fatto quann'era giovane. Ora, pe quanto ne so, er pupo c'ha sedicianni, quindi nun è più de quelli che rompono li cojoni co e malattie e tutto er resto. Poi su marito, che c'ha uno studio, s'è sempre smazzato er regazzino, nell'anni scorsi, che non avendo orari e padroni c'ha pensato lui, quann'era er tempo e lei è mancata poco.

Via, sta a me, 'sta Marzia è uscita. Era sorridente. Ma vedrai, ride bene chi ride urtimo. Nun farò priggionieri. Me so pure messo a spilletta su na giacca che lui nun po nun conosce.

- Buongiorno ing. Carli, benvenuto. La sua collega, l'ing. Colombo, che è appena uscita, ci ha proposto un bel progetto [ecco, Je L'ha data]. Lei sa che siamo alla ricerca di una persona che prenda in mano il nostro ufficio più importante che vogliamo certificare con la SA 8000. Abbiamo bisogno di idee innovative. Ci esponga il suo progetto. [e mo so cazzi. Che je dico?].

Ho visto Luca quando sono uscita. Non sapevo fosse lui l'ultimo rimasto oltre a me. Certo, è uno tosto, un rullo compressore. In pochi anni ha scalato le posizioni dell'azienda. Forse è anche un po' cafone, però sa sicuramente il fatto suo.

Mi sembra di aver fatto buona impressione all'avvocato Gianmarini. Ho esposti il mio progetto, non ho avuto esitazioni, mi ero preparata bene. Non mi posso permettere di sbagliare. Una promozione come questa penso di meritarmela. Se l'avrò, spero che lo stipendio sia adeguato a quello degli uomini che occupano la mia stessa posizione nell'azienda, anche se purtroppo non è scontato. Quei soldi in più farebbero comodo, ora che abbiamo deciso che Matteo farà il suo quarto anno di liceo a Londra.

Certo che vista oggi, a distanza di anni, esser rimasta incinta appena finita l'università, qualche risultato positivo l'ha dato. Non so se avrei potuto oggi, con un bambino più piccolo, ambire ad un posto come questo. Lo so, è proprio ingiusto nei confronti di tante mie colleghe che hanno aspettato fino all'ultimo ad avere un figlio per non intralciare la carriera, ma con quali risultati. Ora che sono arrivate all'età che conta, quella dove davvero possiamo ambire a ricoprire posti di responsabilità, quasi mai veniamo prese in considerazione perché i capi,   nelle aziende, pensano che privilegeremmo sempre la famiglia il girono in cui dovessimo fare una scelta. Non è così, se si insegna al proprio compagno che la famiglia si tira su in due, dividendoci in compiti e le cose da fare. Con Andrea ci sono riuscita, e lui non mi fa mai mancare il suo aiuto. In parte è merito mio, in parte anche dei suoi. La sua mamma è stata femminista negli anni in cui la questione femminile veniva prepotentemente fuori. Il suo papà, Stefano, lo stesso, è stato femminista anche quando prendeva delle sberle alle assemblee dell'8 marzo alle quali si ostinava ad andare. Credo che sia proprio necessario che i genitori maschi rappresentino per i figli maschi degli esempi positivi, se vogliamo che questi crescano con il rispetto per le donne scritto in ogni ganglio.

Chissà come andrà oggi. Non mi va di incrociare le dita, perché qui non è fortuna. Io non voglio essere fortunata, voglio essere brava.

JOHN

Devi guardare in quella direzione. Lá, sul monte, dove c'è quell'albero solitario. Ecco, se vuoi guardare la tua prima alba, questa notte, devi guardare lì. Non è che succeda tutto in un botto, prima il buio, poi la luce. Non ti accorgi nemmeno in quel passaggio che prima vedi grazie alle stelle e poi per una stella sola. C'è un chiarore che non sai di che colore sia. Prima che ti accorga di una punta del disco vedrai volare la prima poiana, o l'ultimo barbagianni. Certo sarebbe meglio godertela dopo una notte di sonno, piuttosto che dopo una notte passata con gli amici, magari a bere. In quella calma rischieresti di addormentarti sul più bello.

Ti ho mai raccontato della mia prima alba? Eravamo a Sorrento e stavamo guardando il mare. C'era qualcosa che non tornava nelle nostre menti offuscate dal tabacco impoverito. Come John Belushi vedevamo la luce, ma solo quando vedemmo le nostre ombre sulla sabbia ci rendemmo conto che il sole era alle nostre spalle. Dormimmo tutto il giorno lì, senza toglierci i panni. Dormimmo fino a un'ora prima del tramonto e aspettammo che il sole si buttasse nell'acqua. Poi prendemmo la 850 Vignale di mio padre e guidammo tutta la notte. La mia prima alba l'ho vista a Bitonto. È lì che mi sono accorto che era negli occhi di tua madre.

ENRICA

I miei compagni del liceo erano belli. Sì insomma, io me li ricordo belli. Certo è vero, Enrica aveva i capelli appiccicati sulla testa, Paolo aveva la faccia coperta di acne, Roberto la pancia dell'irlandese fatto di birra. Per non parlare di me. Ma io non conto. Io non sono mai stato bello. Sarà stato il mio naso adunco, i miei denti storti, gli occhi grandi come quelli di un Garizzo. Ricordo che in prima, ci conoscevamo da poco, le ragazze fecero una classifica che mi capitò per le mani. Nonna tutti giorni diceva "bello il mi bimbo", e invece a sentir loro ero al nono posto su 12 partecipanti.

Fino alla quinta non toccai boccia. Finché arrivò Lucia, di una sezione diversa dalla mia. Mi dette un bacio. Hai le labbra morbide, disse. Poi basta. Era stato per scommessa.

I miei compagni del liceo gli ho rivisti dopo trent'anni. Quando Marina mi ha invitato le ho chiesto c'è anche Lucia? Il suo bacio lo ricordo ancora, ma insomma. Una volta ho letto sulla posta del cuore su un giornale, tenuta da una scrittrice il cui nome è un po' una festa, che tra i vari tipi di uomini c'è l'uomo edera, dove si attacca muore. Forse ero così.

Dei miei compagni del liceo non ne riconosco neppure uno, a parte Gloria. L'avevo incontrata anni fa in fila dal dottore. L'avevo riconosciuta perché per tre anni era stato la mia compagna di banco e portava ancora lo stesso profumo. La nota di cuore era diversa, adesso floreale, ma quella di base la stessa, di vaniglia.

Quando Marina ha detto no, Lucia non ci sarebbe stata, impegnata come medico in Sri Lanka in un'emergenza sanitaria, ho detto no. Ma Oreste, il padrone del locale dove avevano organizzato il ritrovo, è un amico che conosco quasi da allora. Gli ho chiesto, fammi fare il cameriere per una sera. Spesso mi ha fatto dei favori, regalandomi un piatto di spaghetti, un boccale di birra e qualche soldo. Lo sai fare, mi ha detto. E io, come no? Ne ho guardati di camerieri in vita mia nei locali eleganti.

Mi ha prestato una camicia bianca, sua moglie Assunta mi ha sistemato la barba bianca, e sono uscito in mezzo a loro, come se niente fosse.

Le risate, i ricordi, le foto dei ragazzi. Dopo un po', sentendoli parlare, ho riconosciuto che qualcuno era esattamente come lo ricordavo, altri no. Perfetti sconosciuti. Nessuno ha avuto il minimo sospetto. Quando è arrivato il momento del caffè e subito dopo dell'ammazzacaffè, ho aggiunto a ciascun bicchiere un infuso di aconito. È così facile procurarselo sulle rocce di montagna. Non è edera, ma... Chissà se faranno in tempo a rivedermi.

OGGI SPOSI

È arrivata una carrozza con i cavalli, poi una seconda. Ne sono scese donne giovani vestite in modo elegante. Una ha un cappello con veletta, un'altra una stola fatta a meno in visone nero. Hanno fiori in mano. Ci sono anche donne più mature, anche loro nei loro vestiti costosi. Alcuni sembrano un po' eccessivi. Come quello di quella bionda (chissà se il sopra corrisponde al sotto), la camicia di seta trasparente, la gonna pare di metallo. Le mature sono vicine ad un uomo, il marito o il compagno.

Poco distanti ci sono dei ragazzi, se così si possono chiamare degli uomini di trent'anni o poco meno. Anche loro sono vestiti in modo elegante. Un fazzoletto orlato a mano esce con le punte dalla tasca della giacca all'altezza del cuore, la chiamano pochette. La cravatta scura, la fantasia rigorosamente diversa. Ce n'è uno che nell'attesa accenna dei passi di danza sui gradini della piazza. C'è chi lo guarda strano, ma poi ridono tutti.

Non ci sono bambini, forse che l'attesa della cerimonia li annoierebbe.

Ci siamo fermati a guardare, curiosi di conoscere chi meritasse tanta attesa. Poi c'è stato un brusio, la gente si dava di gomito e tutti rivolti con lo sguardo alle nostre spalle. È arrivata una Rolls bianca. L'autista in livrea, ma senza berretto, ha parcheggiato nella piazza alla base delle scale. Sono spariti tutti. Il fotografo, trasandato, ha cominciato a scattare in modo continuo attraverso il finestrino. Le scarterà tutte. L'autista è sceso per aprire la portiera. Ma prima, sull'altro lato, è uscito un signore azzimato. Il volto, eccessivamente abbronzato, tradisce l'emozione. Cerca con gli occhi tra coloro che sono rimasti, ma ci sono solo i curiosi, come noi. Gira dietro l'auto, fa un cenno, sarà lui ad aprire la portiera. L'abito è color crema, che per il bianco serve la purezza che immagino perduta. Ha un corto strascico, come una coda, il velo in quello che per me è pizzo. Si sistema. Con le mani prende il vestito all'altezza dei fianchi e lo tira giù scuotendo il corpo come avesse un tremito. La mano va ai capelli, li toglie da davanti agli occhi e loro tornano giù, era solo un tic. Qualcuno applaude ma lei non sente, è tesa o almeno così sembra.

Dopo che è entrata arriva una BMV. Ne schede una signora piccola, un po' rugosa. Ha delle scarpe fucsia di pelle lustra. Le guardo le suole mentre sale perché ho un sospetto. È rossa. Sono delle Louboutin della stagione scorsa. Ma la classe non ha a che fare con le scarpe e chiede che non si arrivi mai dopo che la sposa è entrata.

Ma lui c'è? No, un lui non c'è. Di lì a poco giunge una seconda Rolls. L'autista in livrea somiglia come a una goccia d'acqua all'altro, potrebbe essere lui stesso. Certo la Rolls ora è nera, quindi ce ne sono due, forse gemelli. Scende prima il padre perché è così che vuole la tradizione, poi la sposa. Ha un abito corto, in tulle e pizzo, taglio svasato, con scollo a cuore, manica al gomito. Il fotografo ha continuato il suo lavoro, con l'aria soddisfatta di chi sa il fatto suo.

Ecco, una cosa così dovrebbe essere normale.

BILLIE

L'avresti mai immaginato di essere qui sulla panchina nel parco in riva al mare a dare da mangiare ai piccioni?

Il petto di piccione è quello che mamma cucinava nei giorni di festa. Che poi non ho mai capito dove li prendesse. In piazza Grande eravamo invasi, ma non credo fossero quelli lì. Tu quand'è l'ultima volta che me l'hai cucinato? Ah, sì, mi rammento. Doveva essere il Natale del '76 o del '77. Si, doveva essere il '77. Tuo fratello mi aveva regalato la serie di francobolli con l'adorazione de pastori che era appena uscita, nel '76 c'eran le fontane. Che strepiti fece tua figlia. Cominciavo ad essere vecchio, a sentir lei, e quella roba mi faceva male, il colesterolo e quei poveri animali. Come se non ce ne fossero state di cose negli anni ad avermi fatto male.

Il giorno che tornai a casa dopo che la toupie mi aveva strappato le dita mi ricordo della tua faccia. Stavi zitta ma con la faccia mi dicevi adesso non star lì tanto a rimuginarci, devi andare avanti lo stesso, vedrai che te la caverai. Ma faceva male. Faceva male quando rivedevo la mano entrare accompagnando la tavola, però poi più niente. Il dolore dello strappo in realtà l'ho dimenticato. Forse è un meccanismo del cervello che non vuole che tu ricordi le cose brutte, o almeno così ha funzionato il mio. Perché per esempio, nonostante sia passato tanto tempo, mi ricordo come se fosse stato ieri, quando siamo andati a vedere Billie Holiday a Milano al Teatro Smeraldo ed il pubblico fischiava. Ci mettemmo un giorno con il treno, non si arrivava mai. Fu tuo zio di Baltimora a mandarci un disco che in qualche modo riuscì a passare tra le maglie delle leggi anti-americane. C'era la sua voce. Non capivamo le parole, ma la musica sì, quella è un esperanto. Eravamo sposati da quanto? Sei mesi? Comprammo un grammofono per ascoltarlo e anche qualche vicino di casa veniva ad ascoltare. Ho davanti agli occhi anche quella casa, agli Scali delle Cantine. Oggi i giovani direbbero un open space: soggiorno con letto matrimoniale, angolo cottura, tavolo e quattro sedie, pavimento in mattoni consumati, con quella buchetta a destra della porta. Sembrava scavata da una goccia e invece chissà.

Hai sempre cucinato bene, anche a quel tempo, nonostante tu fossi così giovane. Avevi un tocco magico. Anche per quel piatto, quello che chiamavi il riso sui discorsi. Dentro non c'era niente, ma lui sapeva di tutto. Com'era buono. Irina non sa nemmen cos'è. Chissà se ti sarebbe piaciuta Irina. Io me la devo far piacere. O lei o al reusorio. Io non voglio stare con i vecchi, ho già me da vedere tutte le mattine nello specchio.

Oggi sono qui e non vorrei abbandonarti, versarti nel mare come ci eravamo promessi tanti anni fa. Quando la mattina mi sveglio e guardo sopra il canterale in camera da letto, ti vedo lì e tutto il giorno parliamo, come oggi. Ma non ce la faccio più ad uscire, a trascinarmi fino a qui con il mio bastone. Te l'ho promesso. Non ti ho mai tradita e non voglio farlo neppure adesso. Ne prendo sono un po', da tenere in tasca. Sono sicuro che non ti dispiacerà. Addio o meglio, a presto, spero. Ti ho sempre voluto bene.

CATIA

C'è un piccolo paese di montagna, quattro o cinque case se conti anche quella cantoniera, che ha occupato una buona parte delle mie vacanze estive di quando i miei anni si contavano sulle dita delle mani. Le famiglie erano solo due, più quella del comandante del Corpo Forestale dello Stato, incrociate tra loro almeno otto volte. I cognati lo erano con quattro legami di parentela ed i fratelli non si distinguevano dai cugini tanto che tutti mangiavano alla stessa tavola di una famiglia tanto allargata da essere due.

Nonostante fosse così piccolo al centro del paese c'era un negozio di fornaio ma mancava la chiesa. La mattina presto ricordo l'odore del pane caldo ed il rumore dell'apino che partiva per portare il frutto della notte di lavoro nei paesi vicini ed anche al prete che là c'era.

Quando diventai un po' più grande, Giuseppe mi insegnò com'è fare l'impasto, la pazienza che ci vuole a farlo lievitare e con la pala infilarlo nella bocca del forno per renderlo dorato, come piaceva a me. Così ogni mattina aspettavo a fare colazione fino a che non era uscita quella pagnotta fatta dalle mie mani, che aveva un sapore straordinario, altro che Banderas.

Passò un anno o forse due che anche le mie pagnotte diventarono due. Nel paese mi accorsi di una bambina dalle guance rosse come di pesca, che sicuramente c'era sempre stata ma di cui io mi accorsi solo in quel momento. Si metteva con le braccia conserte ad aspettarmi alla finestra del pianterreno. Io le portavo il mio dono, che lei aspettava, e mangiavamo insieme, senza che sapessi cosa dire.

Ci torno in quel paese, di tanto in tanto, per risentire quei profumi e sentire quei rumori. Proprio ieri passeggiando in quella strada, assorto nei miei ricordi, di lontano ho visto la finestra di quella casa aperta e mi sono fatto sotto circospetto. Mano mano che mi avvicinavo stentavo a credere ai miei occhi. Poi, una volta raggiunto il punto più vicino, mi sono fermato. Sono rimasto per un secondo o forse due a bocca aperta, basito dalla sorpresa per quell'inaspettato viaggio nel tempo che ritenevo andato. Era lei. Gli occhi acquamarina, i capelli del colore delle piume di un corvo e quelle guance. A distanza di quarant'anni a quella stessa finestra c'era la mia compagna del desinare.

- Catia!

- Vuoi mia mamma?

GIACOMO

Stamattina ho cominciato le scuole superiori. C'ho pensato un po' l'anno passato a quale scuola iscrivermi. So che a mamma sarebbe piaciuto se avessi fatto il liceo classico, che è quello che ha fatto lei. Papà invece forse avrebbe preferito che avessi scelto l'artistico, visto che da quando sono piccola si immagina me pittrice. Io alla fine ho scelto comunque il liceo, per far piacere a mamma, ma scientifico perché è quello che fa il mio papà, ricercatore al CNR.

Stanotte ho dormito bene ma stamani ero comunque emozionata. Andrò a scuola da sola, con la corriera. È un bel passo avanti per la mia futura vita adulta. Ho grandi aspettative ma anche grandi vuoti perché non so esattamente quello che mi aspetta.

In questi giorni in tanti dei miei parenti mi stanno chiedendo cosa vorrò fare da grande perché pare che quando loro avevano la mia età fosse una cosa molto normale rispondere farò il dottore o farò la parrucchiera. Ma io proprio non ne ho idea. Prima devo capire cosa c'è nel mondo. Quando a mio padre, lui sicuramente alla mia età voleva fare lo scienziato. Ma oggi quel mestiere non lo entusiasma. Sta ore davanti al computer in attesa che gli venga l'ispirazione per scrivere un bel libro, convinto che il segreto sia nel metodo Simenon, che come un impiegato d'ufficio si metteva alla macchina da scrivere alle 9 di mattina e si alzava alle 5 del pomeriggio. Che sia un bel modo di passare il tempo o un modo alternativo per cavalcare un'alienazione non l'ho capito e forse mai lo capirò.

Se guardo a mia madre, lei cominciò l'università facendo medicina, sulle orme di quello che ha fatto suo padre. Poi a un certo punto mollò tutto e si iscrisse a filosofia. Adesso fa l'editor per una casa discografica e non cambierebbe il suo lavoro per niente al mondo.

Così adesso potrei dire che mi piacerebbe fare la bassista in un gruppo rock, su cui fantastico quando torno dalla lezione di musica di tutti i lunedì, ma proprio non mi ci vedo a cinquant'anni a sculettare in un paio di pantaloni aderenti di pelle nera o fare stage diving come Jack Black in School of Rock.

Sono così lontani per me i cinque anni che cominciano oggi se solo penso a dove ero cinque anni fa.

Non conosco nessuno di nuovi compagni. Ad uno di loro, o dovrei dire già di noi?, durante la lezione è suonato il cellulare eppoi un messaggio di whatsup. È così che abbiamo scoperto che forse l'anziana prof. di matematica deve essere un po' sorda.

Mi dovrò sforzare per impararne i nomi. Certo qualcuno l'ho imparato già. La mia compagna di banco è Virginia. Stamani aveva una t-shirt di colore verde ed una scritta gialla keep calm and play basketball. Anche a me la pallacanestro piace, potremmo andare d'accordo. Dietro di me un ragazzo di evidente origine cinese, che si chiama Wu Ming. All'appello il professore di latino gli ha chiesto - Tu non sei proprio pisano. Lui ha risposto - No, in effetti sono fiorentino. È già il mio mito.

IL PANERAI

Ho letto i nomi degli studenti di quest'anno stamattina. Sono tutti figli di miei ex allievi eccetto uno, un tale Panerai. A guardarli bene, senza guardare il registro, potrei far l'appello, tanto somigliano ai loro genitori. Tutti, eccetto Panerai. Panerai è un tipo smilzo, capelli ricci in testa, occhi piccoli marroni, il naso storto in punta, un accenno di peluria sotto che non puoi chiamare baffi. Spalle strette, cadenti, braccia secche tenute lungo il corpo, anche da seduto. Pare vispo. Gli ho fatto una domanda su una canzone, e lui la conosceva nonostante fosse di tanti anni fa. Mi ha accennato il motivetto, cosa che vuol dire che timido non è.

Chissà cosa sapranno loro, di me. So che ci sono degli aneddoti che mi riguardano, ma non possono essere dei tempi dei loro genitori. All'epoca ero troppo giovane, si può dire neoassunto in quella scuola. Poi il tempo è passato e ora sono il decano.

Di loro invece se, come si dice, la mela non casca lontano dall'albero, so quasi già tutto. Il babbo di Andrisani voleva fare il calciatore. Ogni giorno alla fine della scuola andava alla stazione e prendeva un intercity per andarsi ad allenare in una squadra giovanile di un club di serie A. Durante le quattro ore del viaggio mai che gli sia venuto in mente di studiare. Il giorno dopo, all'interrogazione, faceva sempre scena muta e non si capisce come alla fine abbia fatto in modo di prendere il diploma forse recitando la formazione della sua squadra nel 1971.

Il Baldini era uno posto. Figlio di notai, ha fatto il notaio lui stesso, e lo farà chi ho davanti a me stamani. Io lo notai per una particolarità che spero abbia perso: si puliva il naso con il dito maggiore, e appiccicava il frutto di siffatta ispezione sotto la sedia o il banco del vicino.

La Cosci invece era un modello da imitare. Sempre precisa, attenta, senza essere leccaculo. Era un piacere spiegarle gli argomenti più complessi e vedere che capiva. A volte bastava che cambiassi un po' lo sguardo che lei afferrava al volo. Mi dispiace, forse si annoiava, quando ero costretto a rispiegare agli altri cose per me, e per lei, erano banali. Ma sua figlia qui, che si chiama Deliboni, è una tipa gne gne gne, perché ogni tanto le mele fanno un gran rimbalzo.

Potrei andare avanti per altri 19 che ho di fronte, ma mi deprimerei. La scuola sembra fatta per degli zucconi e mi sa che di questi se ne salveranno non più di due o tre.

La malattia di cui mi sto ammalando ha un nome: si chiama burn-out. Spero la mia terapeuta, Chiara, mi aiuti a uscirne fuori. Sembra un po' banale, qualcuno l'ha già anche detto, ma quando ho cominciato questo mi sembrava il lavoro più bello del mondo. Spiegare la mia materia, entrare in quelle teste, aveva per me il sapore di un nettare nirvanico. Una cosa che ti piace così tanto, una cosa che hai imparato bene non vedi l'ora di condividerla con chi ti sta intorno. Lo sanno bene quelli che passano un gran tempo su Facebook e a cui piace leggere di storie. Ecco io ero così, entusiasta. Ho cercato tutti i modi, ma quando nel bel mezzo di una spiegazione, arrivato ad un attimo dal climax della lezione, qualcuno alza la mano per chiedere di andare in bagno o guardando tra le file vedi occhi ormai sbarrati, viene da chiedersi chi ce lo ha fatto fare di amare questo mestiere rimanendone non corrisposti.

Chi mi dà fiducia è questo Panerai, il tipo smilzo e capelli ricci in testa. Non avevo di lui alcuna notizia, la sua famiglia mi è assolutamente sconosciuta. Allora ho letto la sua pagella della scuola precedente. Tra gli insegnanti aveva un mio vecchio conoscente. L'ho chiamato, mi sono fatto raccontare ed ho fatto bene. Mi ha dato le notizie che da un po' cercavo. Curioso, acuto e perspicace così me l'ha descritto. Io ci spero tanto perché ho bisogno di uno studente che mi faccia di nuovo capire che sono utile a questo mondo.

MERAVIGLIA

Quando ho letto per la prima volta quella frase mi sono detto perché non ci ho pensato anch'io. Certo quella frase l'ha detta un genio e io sono una persona di intelligenza, spero, media.

Quante volte mi è successo, quante volte mi sono reso conto che nonostante tutta la mia arroganza che addirittura arriva alla protervia, a me queste intuizioni, questi lampi, non vengono mai? Eccetto in quei giorni in cui rifletto su me stesso, come oggi.

Penso che il cervello sia l'anima, ha detto. Credo che davvero sia così.

Una volta, eravamo obbligati a fare religione a scuola, il professore raccontò un aneddoto, di un universitario che facendo un taglio a y sul corpo di un cadavere ad una lezione di anatomia avesse chiesto ai suoi studenti "dov'è l'anima". Uno di loro rispose, non senza torto, se quel corpo era su quel tavolo è proprio perché l'anima non c'era.

Rimane però il problema di dove si trovi. C'è chi dice romanticamente nel cuore, chi prosaicamente nella pancia. Poi c'è stata lei che ha detto nel cervello, la sede dei nostri pensieri ed il luogo dal quale partono le nostre azioni.

Anche per chi crede in dio non può che essere così. Qualunque cosa creda, sia per obbedienza e disciplina, senza mettere un discussione i dogmi, tutto questo è parto del suo ragionamento ovvero del cervello. D'altra parte anche quelli come me, che nell'esistenza di un essere supremo non credono, devono ammettere che tra un corpo inanimato ed una persona c'è una bella differenza. Questa differenza si chiama anima ed io cerco di coltivarla, dandole da bere e fertilizzanti. Si chiamano idee e nei fumetti partono da lì. A meno di non voler dire che l'anima è nelle lampadine.

MICHELANGELO

La notte è popolata di persone che di giorno non ti immagineresti mai. Io ne ho conosciute di notte e di persone a causa del lavoro che facevo.

Ci sono quelli che tutti chiamano balordi, ma non quelli che trovi vicino alla stazione quando arrivi lì la sera all'ora dopo il telegiornale. Sono quelli che non hanno un letto ed aspettano la notte per muoversi e non vedere gli sguardi di disapprovazione che di giorno rivolgono loro le persone per bene. Li vedi di giorno dormire sotto un portico e dei cartoni e li vorresti magari spedatare. Ma loro non ti danno la soddisfazione perché dormono e non si curano di te e degli altri.

Ma ho conosciuto anche Luisa, capelli biondi lunghi fino al culo. Cammina da sola sul viale finendo un torsolo di mela. Sembra non le importi niente di quello che c'è intorno, e anche quelli che se li incontri per strada ti fanno cambiare marciapiede, le stanno un po' alla larga. Dicono abbia un'arma letale nascosta nel corsetto che nessuno ha voluto mai verificare, ma io l'ho vista solo col sorriso da cui spunta un dente d'oro e una risata un po' sguaiata.

Ho conosciuto Michelangelo, ex operaio dell'acciaieria, licenziato quando era ancora giovane ma già vecchio per un nuovo posto di lavoro. Così lui, che è un gran lettore, si è inventato un lavoro come quello dei due sulla strada di Roddy Doyle: un furgoncino per gli hamburger e le patate senza licenza. Il venerdì ed il sabato, la notte, sta davanti alle discoteche della riviera ad aspettare gli sballati di vent'anni; il resto della settimana lo passa a due passi dal viale delle meretrici per quello che ormai tutti chiamavano il mangia e tromba ed i quarantenni habitué del genere sono di casa.

Poi c'è Carla, che da quando Luciano l'ha mollata per l'estetista del negozio sotto casa, fa il cambio del turno tutti i giorni con le compagne sposate e coi bambini. Così guadagna di più, lavorando con l'orario dalle otto alle quattro del mattino. Lo fa, dice, perché non c'è nessuno ad aspettarla nel letto grande e per mettere da parte i soldi per andarsene a Papua New Guinea dalla sua amica Guendaline che l'aspetta per aprire un ristorante messicano, che tanto la bandiera è uguale.

ARTURO

Ho conosciuto Arturo che ha abituato il suo cane Shanti a fare i bisogni a notte fonda in modo da non aver da discutere con i passanti quando lascia le deiezioni sulle panchine del parco cittadino. Ha le orecchie lunghe, il passo al passo, mai che tiri il suo guinzaglio e non abbia, tranne che a Giovanna che porta a spasso la sua Titti. Arturo non raccoglie, ma fa una cosa che non ho mai visto prima fare ad altri. Ha una bottiglietta di acqua, un tempo minerale, con la quale diluisce la pipì, non del cane, ma la sua che fa ogni notte contro una vetrina nuova.

C'è poi Chiara, occhi grandi e dolci, che nessuno sa essere una donna. Di mestiere fa la metronotte, ma tutta imbacuccata nella sua divisa azzurra, e sotto il casco per lo scooter non distingui che sotto ha un corpo niente male. Io l'ho scoperto una notte dell'altra settimana, quando l'ho sentita parlare al cellulare e dire 'notte amore, in un modo che un uomo non potrebbe mai.

Poi ci sono io. Osservo, registro, e non mi faccio vedere da nessuno. Ci sono quelli che non credono che ci sia ma poi li vedi scendere dalle auto nei loro garage deserti, guardarsi intorno con circospezione e filare di volata verso l'ascensore. Mi piacerebbe una volta far loro BUUU, e veder cambiare di colore il fondo dei loro pantaloni. Ma non funziona. Non mi vedono, non mi sentono e per loro non esisto anche se a qualcuno un dubbio ogni tanto viene.

VIRGINIO E LIUBA

"Virginio, vieni. È arrivato l'ingegnere."

Liuba ha un po' di timore reverenziale nei confronti di quell'uomo. Lei ha più di settant'anni e ai suoi tempi quelli che avevano studiato erano non molti e quindi le incutevano, tutti, un po' di soggezione. Non che sapesse esattamente cosa lui avesse studiato. Lei a scuola c'era andata fino alla quinta elementare e ricordava si l'italiano, la storia, la matematica e la geometria, ma dell'ingegneria non aveva sentito parlare mai, sicché doveva essere qualcosa di estremamente complicato. Certo quel tizio era una specie di inventore, quindi l'ingegno doveva entrarci in qualche modo.

"Sa ingegnere, è andato a coglie' du' pomodori per il pranzo. A lei piacciono, i pomodori? Perché ne faccio prende qualcuno anche per lei. Son canestrini, ci viene certe insalate… Virginio, poverino, non gli è rimasto che l'orto. Anco quest'anno ne ha messe troppe piante che noi i pomodori si mangiano a colazione, pranzo e cena e ne regalo ai miei figlioli, quando vengono. Di fa la pomarola un ho più di molta voglia. Un tempo, di 'uesti tempi, ne facevo per tutto l'anno. La cocevo, la mettevo nei barattoli bormioli, li chiudevo e li bollivo nella pentola per almeno un paio d'ore. M'aveva detto di fa così il mi' dottore per non farci venì il botulino, mi pare che si chiami. Ma ora un ho più voglia, è un ammattimento. Tutti i fornelli schizzati, la mota degli stivali per tutta la 'ucina che poi mi ci vuole un mucchio per rimette a posto. Ci s'aveva anco i conigli, sa ingegnere. Erano boni, fatti arrosto con le patate e il tramerino. Però una volta n'ho guardato uno, mentre Virginio lo teneva per le zampette dietro, con il coltello in mano. Zac, n'ha tagliato la gola e il sangue è sceso dentro il lavandino senza che dicesse ba. Era la prima volta che lo faceva in casa, un l'avevo mai visto. M'ha fatto impressione e non l'ho più voluti. Si sono regalati tutti qui ai miei vicini, che c'hanno tanto ringraziato. Secondo me s'è fatto bene. Non che il pollo o l'agnello a Pasqua non lo mangi, ma non l'ammazzo io e sa come si dice, occhio non vede, cuore non duole.

O cosa fa Virginio? Perché non viene? Sa ieri siamo stati dal dottore. Ha detto che sta bene, per quello che ha avuto. Gli hanno levato un pezzo di polmone. Che poi, di'o io, allora era meglio se fumava. Invece un ha mai fumato in vita sua, a meno che non lo facesse di nascosto. Ma poi di nascosto a chi? A me non sarebbe importato niente. Qui un ce n'è uno che non fumi della nostra età. Dice è stato il fumo passivo, che respirava forse al circolo quando andava a gio'à a carte o a biliardo con gli amici. Giocavano a soldi, sa? Ma Virginio era bravo e un ha mai perso tanto, anzi tante volte vinceva pure. La vede questa fede? Me l'ha comprata dopo una di queste vincite fortunate. Quando ci si sposò un ci si poteva mi'a permette. Tornò a casa che era un'artro. Sprizzava gioia da tutti i pori. Aveva regolato il barone De La Casa, lui si che ce n'aveva! M'ha raccontato tutta la partita, ma io un c'ho capito niente: il piatto, il cip. Io conosco solo quello dell'uccellini" e giù una risata.

"Oh, io sono una burlona. Proprio ieri sono andata a far la spesa alla cooperativa. C'è una cassiera, una nova che m'ha chiesto - Liuba, cosa fa di bono oggi? - Io le ho detto - Minestra di testine - e lei - Testine di cosa? - Testine di cazzo! - E tutti a ridere. Quelle anziane, di commesse, ci sono abituate ai miei scherzi. Lei un lo so se l'è presa a male. Se se l'è presa l'avrà portata a casa."

"Virginiooo. O dove sei? È arrivato l'ingegnere. Andiamo. Cosa aspetti?"

"Eccomi Liuba, che c'è? Oh ingegnere, è già arrivato? Puntualità svizzera" E si pulisce le mani sulle cosce dei pantaloni e una la porge per la stretta, come si conviene. La schiena è un po' ingobbita, le rughe sulla fronte un po' marcate. Ma è un omone, anche rispetto ai giovani di oggi, lo sguardo intenso e incute a suo modo rispetto.

"Senta ingegnere, io c'ho pensato bene, bene e un se ne fa di nulla. A quest'età mettisi in un'impresa come questa è troppo complicato. Con Liuba se n'è parlato ieri notte. Lo so, casa nostra è grande e le stanze che si usa son due, anzi tre, che c'è anco il gabinetto. Noi si potrebbe andrà a sta in un miniappartamento, che coi soldi che ci date della nostra casa se ne compra tre. Ma un siamo abituati a sta dentro un condominio. Ir mi figliolo grande si, ci sta. Ma quando andiamo a trovallo, giù in città, un si vede l'ora di venì via. C'è una 'onfusione! Mi'a del traffico, ma dei vicini. Gente che tiene alta la televisione, i figlioli che corrono per casa. Quello che sta sopra ir mi figliolo va coi pattini. Se lo immagina tutto ir giorno a sentì quel brum, brum sopra la testa? Bisognerebbe andrà a sta in posto per i vecchi, che sono silenziosi, un po' perché son sordi, un po' perché un hanno più voglia di discorre. Ma ho paura di intristimmi. Qui c'ho il mi' orto, la mi partitina a carte ogni tanto coll'amici. Lo so, quei soldi farebbero comodo a mi figlioli. Ir più grande, poverino, ha avuto un po' sfortuna con l'imprese che s'è messo a fa. Ma quanto ci rimarrà mai da vive? Pochi anni. A me poi, con quello che c'ho avuto. Son sicuro che possono aspettare ancora per un po'. Certo ci sarebbe quella storia che coi soldi si potrebbe fa un bel viaggio. A New York non ci siamo stati mai e ci garberebbe un mucchio. Noi siamo ignoranti, ma con Liuba la sera si guarda Sky Arte e invece di guardà quelli che leti'ano in televisione si guarda i programmi con la musica, ieri sera c'era quello dei Beatles, gran signore, o quelli coi musei. Se n'è visto uno l'altra sera che parlava del Guggenheim e una mostra di Picasso. Io l'ho conosciuto sa, Picasso. Era qualche anno prima che morisse, nel '68 se non sbaglio. Liuba, quand'è che andai a trovà il barone a casa sua in Costa Azzuraa? Si, me lo presentò il barone De La Casa, una volta che sono stato nella sua casa a Mougins. Stava incidendo un'acquatinta di un ragazzo che sogna delle donne ignude. Sono rimasto muto e immobile come un perfetto rimbambito o meglio, un baccalà. Ero davanti a un genio e l'ho riconosciuto.

Liuba, vai un po' a prendere da bere. Il vino del tu fratello. Faglielo assaggiare all'ingegnere. Sa è vino genuino, solo uva, non c'è altro. Il mi' figliolo dice che c'è un po' troppo raspo, ma lui è sofisticato, il vino da du euro un lo beve. Ci credo che poi gli manca i soldi.

Lei cos'è che vorrebbe fa con questa casa? Forse un ho capito bene? È possibile che gli stranieri vogliano passà l'estate in una 'asa di 'ampagna nel mezzo al nulla? Lei ci farebbe una piscina, se ho capito bene. Ma un ce l'hanno le piscine a Amsterdam? Però contenti loro. L'ameri'ani a casa mia nel padule e io da loro a Nova York (si chiamava così quand'ero giovane). Ma se lei la casa nostra la vol divide', perché un pezzo un la lascia a noi? Noi si rimarrebbe nei nostri posti e i turisti avrebbero a che fa con autentiche reperti archeologici del luogo" e fa una risata sorda. "Faremmo un po' i monumenti della zona, e io se metto su un altro po' di buzzo potrei fa anche il gavitello nella piscina.

Ci pensi un po'. Te sei d'accoro Liuba, no? Liuba. Liubaaa. Ecco s'è addormentata. Ir dottore dice è letargia, dopo c'ho da dalle la medicina. Quando s'è scoperto orell'anno, io pensavo fosse una cosa da orsi e quindi al limite avrebbe preso me. E invece è capitato a lei. Succede.

Via, ci pensi un po' a quello che le ho detto. Forse quest'artra soluzione andrebbe bene a tutti.

Ingegnere, rimane a pranzo? Oggi abbiamo minestra di testine. La 'onosce?"

"Liuba. Liubaaa."

"Ornella, vieni. Liuba dorme. È successo qualcosa?"

"Ah no, Virginio, niente di particolare. Ah, ma vedo che non sei da solo. È questo l'ingegnere che dicevi?"

"Si, vieni. Ingegnere, questa è Ornella, la nostra vicina, che poi tanto vicina un è. Ci da, ogni tanto, una mano in casa, è una di famiglia."

"Ah, ma io lo faccio con piacere. Sa ingegnere, io la Liuba la conosco da quando son piccina. Lei era già una ragazzina, io una decina d'anni più giovane, e lei mi guardava quando mamma un c'era. Sa, erano altri tempi quelli lì. Qui non c'era nulla, a parte i campi e gli animali. Mamma andava a casa dei signori, dal barone De La Casa, a fare le faccende e me non mi voleva portà dietro, così mi guardava Liuba. È stata lei a insegnammi ad andà in bicicletta. Una mattina, la scuola era finita, mi levò le rotine, e mi fece provare. Ruzzolai un paio di volte, ma poi andai da sola. Che soddisfazione. Anche solo per questa cosa qui potrei essere grata per sempre alla mi' Liuba.

Poi arrivò questo ragazzo" e fece un sorriso largo puntando il mento verso Virginio che guardava il pavimento o le sue scarpe, in evidente imbarazzo ma divertito "e lei per me ci fu un po' meno. Quant'anni aveva quando l'hai rapita? Sedici? Un aveva mi'a di più. Cominciò a parlà solo di lui: e Virginio qui e Virginio là. E me questo Virginio mi stava un po' anche su... No via, un vollio parlà male, che la mi figliola mi brontola sempre: mamma la bocca un è una zappa, usala ammodino e non dir parolacce che poi i bimbi le imparano da te. Perché c'ho du nepoti, sa. Che tesori!

Sa, io so un po' curiosa. Ero venuta proprio per sapè cosa avevan detto proprio a lei, sa ingegnere. A me mi dispiacerebbe di molto se questi due andassero via di qui, di lui un po' di meno, ma insomma un po' anche di lui.

Ora cosa fate? Aspettate che si svegli? Lei cosa fa ingegnere, rimane a pranzo?" detto con un tono che non era una domanda. "Se vole gliela preparo io la specialità della Liuba. Lo sa cos'è? Minestra di testine." L'ingegnere sorrise a denti stretti. La tentazione di chiedere "testine di cosa" era troppo forte, ma si trattenne.

CEZARA

Ho finito l'anticalcare che va alla caldaia, allora sono uscito per prenderne uno nuovo.

Sulla strada, camminando, l'ho vista da lontano e all'inizio non me ne sono accorto. Ma mentre si avvicinava sono stato attirato da quello che faceva. Era la prima volta che lo vedevo. Lei era su una bicicletta rossa senza canna e un cestino viola. La mano sinistra sul manubrio, le dita a toccare il freno dietro pronta all'evenienza. Ondulava le spalle al ritmo dei pedali. Il braccio destro era piegato e nell'incavo del gomito c'era un bimbo. Si un bimbo, avrà avuto un anno, che succhiava il latte da dietro la camicia sbottonata. Roba da non credersi.

Io di pasti mangiati in un viaggio ho un certo campionario. Quelli del vagone ristorante sui treni Milano-Roma, quelli sugli aerei dei voli intercontinentali, quelli sulle navi da crociera, ma il latte da un capezzolo a bordo di una due ruote non l'ho mai provato, chissà se aiuta il sonno. Perché il bimbo, con le labbra strette intorno a quel bottone, aveva gli occhi chiusi, cullato dalle buche della strada, e pareva essere nel suo mondo che chissà chi ci sta dentro.

Lei si è fermata alle sbarre della ferrovia. Aveva l'aria di una che altre volte sarebbe passata sotto, ma la nuova situazione la consigliava di essere prudente ed aspettare che quel treno della linea locale passasse senza fretta.

Chissà dove stava andando. La cosa più importante c'è l'aveva lì, cosa avrebbe potuto portarla così lontano? Mi sono incuriosito, ed anche se ero a piedi, il mio passo è spedito e sono riuscito a seguirla per un po' a poco spazio di distanza. Si è fermata di fronte ad un portone. Ha messo il cavalletto e non l'ha chiusa. È entrata in quella casa ed io l'ho aspettata. Ne è uscita, tempo 5 minuti, con un carico di panni sotto un braccio, l'altro a tenere il bimbo come in una morsa. Ha messo tutto nel cestino ed è ripartita. Una stiratrice, ho pensato, che certo non può lasciare un bimbo così piccolo da solo in casa, soprattutto se è l'ora di mangiare.

Ci sono persone così, intorno. Tu le guardi e dici, questa è una pazza. E invece è una persona che si dà da fare, perché la vita offre a volte poco e bisogna farselo bastare. Magari è un momento, ma non si può non lavorare.

ILARIA

Ilaria ha circa trent'anni. È giovane e carina, ma non lo sa, o forse non le importa. Non l'ho mai vista con un filo di trucco in faccia. Un vezzo in realtà ce l'ha: le unghie lunghe, rosa, con la mezzaluna bianca. È timida, non scontrosa, e parla con una voce flebile che le cose che dice ti rimangono in testa tanta attenzione devi fare quando apre bocca.

Sta con una mano in mano, uno scialle sulle spalle che sembra mia zia Lina ma a distanza di sei lustri. Anche lei ha gli occhiali sopra il naso, neri invece che di metallo.

È facile riuscirla ad immaginare la sera a casa con i gatti, dar loro da mangiare, mettersi sulla poltrona a leggere un libro. Si lascerebbe pungere pur di non far male a una zanzara.

Tutto questo fino a quando non si mette seduta al pianoforte. Quando lo fa ti aspetti una sonata lieve, il chiaro di luna di Beethoven. E invece attacca un rock'n'roll che solo a Jerry Lee ho sentito performare. Un ritmo e un'energia che tremano le finestre. Dovresti esser lì, la descrizione non la so fare, ma ti entra dentro una voglia che puoi solo ballare. Ti verrebbe da prenderla, abbracciarla, fare le capriole. Non ci sono pause nel suo suono, suona in battere e in levare. Destra in sol, sinistra in fa, sembrano due corpi diversi.

Che errore avrei fatto mi fossi fermato solo al suo aspetto. È un po' come con i libri, non vanno giudicati dalla copertina, anche se fa freddo.

———

ANNABEL

Sono state la mia Nina, la mia Pinta e la mia Santa Maria, le navi scuola della mia iniziazione. Erano tre ragazze inglesi, anzi no, americane, nell'estate del 1982. I ragazzi erano dietro le finali dei mondiali e quelle tre cercavano qualcuno che facesse loro da Cicerone. Mi videro che giocavo a tennis contro il muro. Non sbagliava mai. Rimandava la palla sempre in campo. Io colpivo di dritto, di rovescio e una volta una demi-volée che mi ributtò addosso. 0-30. Devo aver fatto loro pena. Io sapevo al tempo giusto tre parole e nemmeno tutte giuste: hallo, thank you e I love you, ma sembrarono bastare. Andammo in centro a prendere il gelato.

Erano abbastanza diverse tra di loro. Una aveva i denti bianchi e perfettamente allineati che solo nei film americani avevo visto, un neo perfetto sopra un angolo della bocca, un vestito bianco e fiori rosa stretto in vita. Una portava una gonna sopra il ginocchio in pelo beige che si vedeva che era finto, ma di un finto vero, la camicia bianca con le maniche rimboccate fino a metà, i capelli corti ma tanto femminili e ciglia lunghe lunghe e grigie per un po' e in fondo nere. L'altra aveva shorts di jeans e una camicia a quadri come le immagini delle pin up che avevo visto sui loro libri a scuola di design, i capelli rossi legati in una treccia e lentiggini sul viso.

Mai mangiato così buono, disse Annabel. C'era, mi diceva, una marca di gelato che da loro reclamava "buono come quello italiano", ma io capii, non senza sforzo, che quel gelato era di quelli industriali, tipo il cornetto Sammontana, che come si farà a paragonare a quello artigianale solo la fantasia di un genio della pubblicità ci può riuscire.

Questo è un bumper, disse Clarisse, indicando un'auto parcheggiata ma io guardavo il davanzale prominente sotto la scollatura audace. Queste zebra-cross e quello un traffic light. Non so se avessero previsto per me un futuro da autista di non so che mezzo, la macchina non l'avevo ed andavamo a piedi. Quasi sempre, perché per andare al mare prendemmo un bus extraurbano. Facemmo snorkeling nell'acqua alta sotto un ponte della ferrovia. Mi buttai da uno scoglio alto per fare un po' il gradasso e per poco non mi sfracellavo. Fu lì che Charleen mi disse che era in viaggio premio: la prima classificata tra le insegnanti elementari di tutto il Wisconsin. Non sapevo dove fosse sulla cartina, un po' come lei che non sapeva dove fosse il Belgio. Che strana scuola era quella dove ad essere votati erano quelli che dovevano insegnare, però un viaggio premio era una bella soddisfazione. Aveva scelto l'Italia perché da qui arrivava il suo bis-nonno, da un paesino nella lucchesia. Se vuoi possiamo andarci in treno, le proposi, ed infatti andammo. Il treno pareva essere a vapore, i sedlii duri in legno ormai tarlato. Era di quelli che già a quel tempo erano vetusti: ogni quattro seggiolini c'era una porta per la salita che lo potevi prendere anche al volo se arrivavi un po' in ritardo. La chiesa, il campanile, la piazza con la fontana. Una mangiata di tordelli, come dicono lassù, che ancora la ricordo. Io bevvi acqua, che volevo rimanere attento, ma loro un po' di sbronza con il vino rosso l'avvertirono e nel viaggio di ritorno una la sentii russare.

Passai quattro giornate spensierato, contento di quell'incontro inaspettato. Decisero di farmi un bel regalo. Le vidi confabulare da una parte, poi una venire e prendermi per mano. Il cuore mi batteva a mille e sapete cosa? Cambiai segno zodiacale.

NOIO

Quando sono entrato nella carrozza metà degli occupanti già rideva, metà era straniero. Tutti erano all'attenzione di una ragazza con una faccia piena ed accento della Campania. Stava raccontando delle sue cose e della suocera alla quale aveva sottratto l'ultimo di cinque figli, maschio, che era il cocco di mammà.

Sapete quando le cose vi prendono un po' la mano, quando si parte a dire un niente eppoi ci si accorge che se si è detto quello allora questo ci sta proprio bene, e di parola in parola si va a raccontare cose di intimità che mai hai rilevato neppure alla tua amica dei tempi della scuola elementare.

Insomma, i rapporti con mammà sono un po' tesi. Lei ricorda l'onomastico, San Michele, e l'altra fa finta di non sapere l'anniversario del loro matrimonio. Lei le manda un vassoio di babà e l'altra le ricorda di stirare bene le camice del suo bambino, impiegato di concetto all'ufficio comunale.

Lui pare ignori questa piccola guerra tra due armate che entrambe ama, ma pare strano veramente che possa non accorgersi di niente.

Dice fumi sigarette e vorrebbe accenderne una in treno, ma una voce dall'altoparlante sembra dica in quell'esatto momento proprio a lei: anche l'uso di quelle elettroniche non è consentito perché azionerebbe gli sprinkler per lo spegnimento automatico ed arresterebbe il treno. Lo ripete anche in inglese.

La lingua d'oltre manica, come si diceva un tempo, sveglia due signore con il cappello in testa, di quelli che vedi in foto alla Regina Elisabetta. Vedendo gli altri ridere, anche i loro accompagnatori, accennano un sorriso senza sapere il perché. Si sa, la risata è contagiosa come una malattia veicolata da un batterio ad alto potere infettante e nessuno riesce a sottrarsi. Fatto sta che la nostra faccia piena, resasi conto della situazione e non volendo escludere nessuno, prova a spiegare nel suo inglese zoppicante la situazione che la riguarda. Pare una replica di noio volevan savuar che accentua ancor di più l'aria ridanciana. Accome si dice ancora? Dipende dal contesto. E che è sto contesto? Excuse me, bat ai no veri little english. - Your english is much better than my italian. Go ahead.

NOEMI

Non capisco, veramente, se chi ho davanti è una grande attrice o una sprovveduta. Tutti gli occhi sono su di lei, le orecchie tese ad ascoltare la prossima confidenza o il prossimo sfondone. È così autentica per essere anche vera che qualche dubbio nell'ascoltarla viene. Io sono in imbarazzo, per lei, perché la pudicizia tende a non farmi esporre. Forse a volte, se ho bevuto, qualcosa viene fuori ed è per questo che bevo acqua, conoscete il detto di Baudelaire, chi beve solo acqua ha un segreto da nascondere? Fortunatamente la mia fermata è questa, adesso scendo, non mi va di ridere di lei.

Una strada tranquilla, alberata, con le luci giuste, in una mattina che non è ancora giorno. Sto correndo, come al solito, ma non sono le mie strade. Sono quelle di una grande città dove vengo a volte per lavoro. È una di quelle città dove si dice la nebbia, d'inverno, si taglia come la polenta e non si vede da qui a lì. Nonostante siamo nello stesso Paese, la stessa Nazione, ci sono cose diverse nel modo di parlare, in quello di mangiare, ho scoperto anche in quello di correre e di portare fuori il cane.

Io ne ho quattro, due di razza, i miei due primi, cani da copertina in una rivista alla moda. Bianchi, occhi neri neri, coda dritta ma un po' incurvata, ideali per un appartamento se non fosse che la loro indole sia quella di dare la caccia alle volpi e di seguirle nelle tane. Gli due sono due cani, padre cane e madre cane, uno salvato da una retata dell'accalappiacani, d'altra parte è un cane, e l'altro salvato dal Comune che l'ha trovato in una tagliola per animali che distruggono i pollai. Quando esco coi miei cani i guinzagli si attorcigliano, i faccio due o tre piroette, non c'è ruota che si salvi e la passeggiata sembra un po' un raduno. Facciamo a turno coi miei cani, io, mia moglie i miei due figli. A rotazione tocca a tutti, un giorno alternato a un altro. Gli impegni di lavoro, così come quello dei giochi devono fare sempre i conti con chi è chiamato a portali fuori.

Ma ieri sono venuto in questa città. Ho dormito in un bed and breakfast in un palazzo di questa strada tranquilla. Il muro esterno è un giardino verticale, tutto foglie colorate che fanno ombra anche d'estate. C'è silenzio dentro e fuori, tanto che mi sono vergognato camminando sotto il portico del condominio per il rumore delle mie scarpe con la suola di gomma nuova. Stamani correndo, come al solito, per queste strade, anch'esse nuove, ho incontrato un po' di cani. Erano al guinzaglio, a volte a coppie, una volta in tre. All'altro capo della pettorina, o del collare, c'erano un signore o una signora all'apparenza del sud est dell'Asia. Sono tentato di pensare che in realtà nessuno di loro sia il vero proprietario dell'animale. Anzi l'ho chiesto. "Bello il suo cane. È un Weimaraner?" È un Galgo? Un Corgi? Un Bassotto?" "Il cane non è mio, lo porto solo fuori a fare i suoi bisogni, ma a lei che importa?". "E le piace?" "È un lavoro…" "Ci parla mai con questo cane?" "Non mi faccia perder tempo".

Ne abbiamo inventati di lavori, in questo strano mondo, e a me, se proprio devo dirlo, il dog-sitter non dispiace così tanto. Se c'è un sitter per un bimbo, può starci anche per un dog. Ma mi pare strano che quello che è chiamato il miglior amico di un umano sia in realtà amico di qualcun'altro perché non si ha tempo. È un po' come amare per procura. Io non ci starei e fossi in quello a quattro zampe la farei dentro casa, senza aspettare che il procuratore mi porti fuori. Penso che però, in fondo, a Fido, o come diavolo si chiama, cosa sia la proprietà nessun l'ha mai spiegato e pensi che il suo amico sia quello con cui è fuori la mattina e il pomeriggio, che gli riempie la ciotola di cibo ed a volte, forse, gli rivolge una parola.

CLAIDE

Ci sono nomi che raccontano una storia. Non bisogna cercarla, né usare la fantasia. Li ascolti e lei è li, si dipana davanti a te come guardando un film o uno sceneggiato in televisione.

Ho conosciuto uno che si chiama Claide, proprio così: ci, elle, a, i, di, e, Claide e la "e" si pronuncia. Mi sono immaginato del perché suo padre l'abbia chiamato così, perché ai miei tempi il nome del primo figlio maschio lo sceglieva il padre. Un po' come come quando mi sono chiesto perché mio padre avesse scelto per me il nome William. La stessa scelta fatta da un suo ex compagno delle scuole elementari, che poi ha fatto il fotografo, per battezzare il suo di figlio. Ma la cosa strana è un'altra: che William del fotografo era in classe mia al liceo, William del vetraio. Ed entrambi ci siamo fatti la stessa domanda: da chi avranno preso ispirazione quei due per affibbiarci questo nome da principe inglese? Cosa andava di moda quando loro erano giovani nel 1950? Lo stesso è per Claide. Mi sono chiesto tante volte se avesse avuto una sorella. Sicuramente si sarebbe chiamata Bonnie, che si legge proprio così: bi, o, enne, enne, i ed e, Bonnie e la "e" finale si legge come in Alice, un nome che per me è meraviglioso ma la cui storia è stata raccontata da un altro. Perché ci sono dei nomi che vanno a coppia ed è impossibile separarli. Come in quella storia di uno degli ultimi libri di Baricco, quello dei due uomini che si mettono insieme per fare un'impresa e vogliono chiamarla con i loro cognomi, come spesso si fa. Ma loro si chiamano Smith e Wesson e una impresa che si chiama così già c'è. Quindi ripiegano sui loro nomi di battesimo. Loro si chiamano Tom e Jerry. Rinunciano.

Mentre camminavo, portando a spasso i miei due cani, ho visto un manifesto mortuario sul muro sulla curva dietro la fontana e sotto il cartello che indica la strada intitolata a Marie Curie, che donna straordinaria! La scomparsa si chiamava Dirva. Un nome così ti fa chiedere se per caso non ci sia stato un errore di battitura, perché a me ricorda quello di Milva e si sa, dalle nostre parti, uno con un nome che nel mezzo ha la lettera elle viene chiamato Warte invece che Walter, quindi chissà se Dirva si chiamava davvero così, almeno nelle intenzioni originali. Queste parti qui, che poi è la Toscana, ma nemmeno tutta, le persone quando parlano aspirano le lettere, cambiano le consonanti e mangiano la ci. Mia mamma quando vuol prendere in giro qualcuno che di solito parla in modo poco elegante ma per mettersi in evidenza cerca di parlare in modo forbito, lo apostrofa dicendole, o dicendogli a seconda se si rivolge ad un'amica o ad un amico, "come parli tutto dico mico". Ora, questa frase non ha alcun senso per un forestiero, ma per me si. Una persona non abituata a parlare bene tende a non sapere quando le parole sono complete e quando sono una forma pseudo dialettale. Un bambino una volta venne a casa mia. Quando il sole cominciò a tramontare si rivolse a mia madre e le disse, "Clara, devo andare via perché adesso viene buchio". Per lui "buio", evidentemente, era una parola detta in vernacolo, non gli tornava che potesse essere così anche in italiano, e come la amicia è in realtà la camicia e la amera la camera, allora buio in italiano doveva essere buchio. Quindi una persona che normalmente quando parla smoccola, se vuol fare il forbito dirà "dio mio", ma non avendo l'abitudine di dirlo penserà che il modo corretto sia "dico mico". Ecco, questa è l'impressione che mi ha fatto leggere il nome di quella brava donna che era Dirva.

AGENORE E SILVANA

Quando Agenore e Silvana seppero che erano tre gemelli risero, per un secondo o due. Poi
entrò nella loro testa la preoccupazione di come avrebbero fatto a tirar su tre marmocchi.
Intanto c'era da decidere come sistemare la casa. A letto, quando facevano l'amore dopo
aver deciso che forse un figlio ci stava bene nella loro vita, Virginio aveva detto "scegli noi,
scegli noi, scegli noi", rivolgendosi al cielo. Pensava, in modo scherzoso, che quel bambino
li stesse guardando e potesse decidere in quale famiglia atterrare. Nella loro sarebbe stato
bene. L'aveva detto tre volte, " scegli noi, scegli noi, scegli noi" ed era stato accontentato,
tre bimbi nella pancia della Silvana.

La camera del bimbo sarebbe potuta essere quella piccola, sottotetto. Un letto, un armadio
ed una scrivania per quando sarebbe andato a scuola c'entravano, non larghi, ma
c'entravano. Ma ora con tre ci sarebbe stato da pensare a qualcos'altro. L'unica era andare
loro lì, in quella stanzucola e mettere i bimbi in quella loro matrimoniale, grande, con la
finestra grande che quando aprivi le persiane poteva entrare il mondo tutto intero ed il
soffitto alto, per respirare. Si avrebbero fatto così, un po' a malincuore, ma era pur sempre
per i figli che avevano desiderato.

Quando nacquero Giancarlo e Gianpaolo, con la n, erano due gocce d'acqua come lo sono
due fratelli gemelli omozigoti. Giovanni, Gianni, era il nome del nonno paterno. Silvana
invece il padre non l'aveva mai conosciuto ed era cresciuta con i tre fratelli più grandi che
le avevano fatto da genitore, Carlo, Paolo e Franco. Ma il terzo nato non se la sentirono di
chiamarlo così, con la fusione dei nomi di nonni e zii. Il terzo era così diverso dai primi
due che sembrava nato da un altro spermatozoo e probabilmente anche l'ovulo non era lo
stesso. Così si decisero a chiamarlo Ottavio.

PERSONE IN QUARANTENA

VALTER BALLANTINI

Printed in Great Britain
by Amazon

42510269R00066